KB267836

꽃은 질 때도 아름다워야

꽃은 질 때도 아름다워야

초판 1쇄 인쇄 2012년 4월 25일
초판 1쇄 발행 2012년 5월 02일

지은이 | 최 성 룡
펴낸이 | 손 형 국
펴낸곳 | (주)에세이퍼블리싱
출판등록 | 2004. 12. 1(제2011-77호)
주소 | 서울시 금천구 가산동 371-28 우림라이온스밸리 C동 101호
홈페이지 | www.book.co.kr
전화번호 | (02)2026-5777
팩스 | (02)2026-5747

ISBN 978-89-6023-798-8   03810

꽃은 질 때도 아름다워야

최성룡 저

인생의 황혼기, 노년!
청춘이란 인생의 어느 기간을 말하는 것이 아니라
마음가짐에 있다. - 사무엘 울만

ESSAY

1

　나뭇잎 하나가 변하는 것만으로도 가을이 다가옴을 알 수 있는데 창밖을 내다보니 하늘은 저 멀리 높아져 있고 한여름 짙은 녹음의 위용을 떨치던 잎사귀들은 어느덧 사라져 점점 빨간빛, 노란빛으로 타오르고 있었다. 한 여름 뜨거운 태양을 막아주고 시원하게 해 주었던 잎사귀들은 떠나가며 화려한 잔치를 벌이고 있었다.

　주방에 가서 커피를 내린 민지후는 생각에 잠겼다.

　삶이란 무엇인가? 현실에 충실하면서 나름대로는 가치 있고 보람 있게 살려고 노력하였고 작은 일에도 감사하면서 살아온 지난날들이 파도처럼 기억의 물결을 타고 몰려왔다. 아니 바람처럼 스쳐갔다.

　영문학과 재학 중 신문사 신춘문예에 당선하여 시인으로 등단한 그는 졸업 후 그 신문사에 정식으로 입사시험을 보아 합격한 후 사회부기자로 일하다가 문화부로 자리를 옮겨 30여 년을 근무하였다.

　아들딸은 이미 결혼하여 집을 떠났고 대학 시절 연극동아리에서 만난 아내 진수아는 고등학교 영어 교사로 근무하고 있었다. 커피를 마시며 상념에 빠져 창밖을 내다보던 그는 다시 컴퓨터 앞에 앉았다.

　한국문학번역원에서는 한국문학의 해외진출과(해외 진출과) 노벨상 수상을 위하여 문학작품을 국내 영문번역가가 번역을 하면, 외국

작가나 시인의 교열을 거쳐 유럽이나 미국에서 출판 보급하고 있었다. 노벨문학상은 매년 1월 31일까지 신청을 받아 1차로 30명을 후보로 선정하는데 일주일 동안 서류 심사를 거쳐 15명, 3차에서 10명, 4차에서 5명, 5차에서 2명을 최종 후보로 선정한다. 노벨상위원회의 문학상은 18명의 위원으로 구성되어 있다.

여러 작가와 시인의 작품 중 민지후의 시집 ≪불타는 가슴≫도 선정되어 이의 영문 번역에 하루하루를 매달리고 있는 참이었다. 다른 작가와 시인들의 작품은 전문번역가가 작업을 하고 있는데, 한국문학번역원에서 민지후의 작품은 본인이 직접 번역하는 것이 좋을 것이라고 결정을 내려 지후가 직접 번역 작업을 하고 있는 것이다. 마침 신문사를 은퇴하여 시간은 많았다.

작업은 진척이 없었다. 신문기자 시절, 마감에 쫓겨 나날을 보냈기 때문에 지후는 이제 좀 쉬면서 지나온 인생도 되돌아보고 좋아하는 일을 하며 삶을 즐길 수 있는 권리가 있지 아니한가 하는 생각을 하며 나날을 보내고 있었던 중이었다.

나는 무엇이고 어디에서 왔으며 어디로 가고 있는가. 가치 있고 의미 있는 삶을 위해서는 어떻게 살아야 하나, 아름답게 나이 들기 위해서는 어떻게 살아야 하나, 뒷모습이 아름다운 삶을 위해서는 어떻게 해야 하나에 대하여 고민과 사색에 빠져 있던 중이었다.

시(詩) 한 수를 번역하려면 엄청난 시간이 들었다. 시를 지으려고 머리를 쥐어짜는 것보다 더 힘이 들었다. 외국의 시집을 미국에 있는 친구에게 부탁하여 한 아름 잔뜩 쌓아 놓고 영어식 시어(詩語)를 찾으려고 노력하다가 그마저도 한두 권 보다가 방치하고 있은 지 한참이 되었다. 별 도움이 되지 아니한 것이다. 차라리 포기하고 전문 번역가에게 의뢰하라고 하고 발을 빼고 싶었다.

창밖의 가을은 서서히 익어가고 있었다. 뒤에 이어 올 겨울을 담담히 맞을 준비를 하는 스산하고 쓸쓸함은 가슴이 저려오도록 아름다우면서 눈물겹다.

커피 한 잔을 더 빼온 지후는 한없는 상념의 늪에 빠져 들었다. 교사의 정년은 기자보다 더 길어 아내는 아직 학교에서 퇴근을 하지 않고 있었다. 설령 아내가 옆에 있다 해도 속마음을 털어놓고 진솔하게 인생을 논하기엔 둘 사이가 너무 메말라 버렸다.

아내는 이제 철저한 생활인으로 자리매김을 하였고 지후는 아직도 꿈을 추구하는 소년이었다. 이럴 때 와인 한 잔을 놓고 사랑과 인생과 낭만을 논할 수 있는 여인이 있으면 얼마나 좋을까? 이제 아내는 잠자리마저도 달가워하지 않았고 연애 시절 즐겨 부르던 팝송마저 마다하고 있었다.

지후는 기타를 잘 쳤고 수아는 팝송을 잘 불렀다. 둘이 호흡을 맞추면 친구들이 자지러지곤 했다. 기타를 친 지가 언제인지 기억이 가물가물하였다. 모처럼 연극이나 콘서트에 가자고 하면 피곤하다고 피하고 분위기 좋은 라이브카페를 가자고 하면 누구하고 그런 데를 가봤느냐고 꼬치꼬치 따져 물어 괜히 말다툼만 나곤 하였다. 그저 한 지붕 밑에서 사는 거지 남남이나 다름없었다.

지후는 퇴직을 하고 나서 집에 주로 처박혀 있으니 답답하여 어디론가 훌쩍 떠나고 싶은 마음이 문뜩 들었다. 지금까지 수십 년간 갇혀 있던 껍질을 깨고 일상에서 탈출하고 싶었다. 진수아가 휴가 중이라면 억지라도 써서 국내건 해외건 아무 데나 같이 떠나고 싶었다.

냉장고에서 막걸리를 꺼내 안주도 없이 머그잔에 막걸리를 부어 쭉 들이켰다. 지후는 집에 항상 막걸리 몇 병을 사다 놓고 점심에는 밥 먹을 시간을 놓치면 막걸리로 요기를 하고 말러의 교향곡이나 50·60시대의 흘러간 팝송 또는 발라드풍의 가요를 들으면서 한두 시간 오수(午睡)를 즐기다가 번역 작업을 시작하곤 하였다.

은퇴하면 그 무엇보다도 요리를 할 줄 알아야 하는데, 지후는 라면이나 만두 끓이기와 된장찌개 끓이기 정도밖에 하지 못했다. 밥은 전기밥솥이 자동으로 해 주니까 문제가 없었다. 딸아이가 이런 사정을 알고 일 인용 전기밥솥을 사다주어 눈금에 맞추어 물을 넣고 버튼만 누르면 되었다. 이렇게 해서 냉장고에 있는 밑반찬하고 먹으면 되지만 지후는 밥 대신 막걸리에 적당히 취하여 음악을 듣는 것을 더 좋아했다.

그리고 젊은 시절에 비하면 막걸리의 질이 얼마나 좋아졌는가? 카바이드로 막걸리를 숙성시키던 것에 비하면 정말 괄목할 만한 발전을 하였다. 거품도 나지 아니하고 트림도 나지 않는다. 지후가 기자 초년병 시절에 먹던 막걸리는 당시 쌀이 부족하여 밀가루로 만들었지만 지금은 찹쌀막걸리도 있지 아니한가. 그래서 포도주 시장을 점차 파고들어 와인의 수요는 점진적으로 감소하고 막걸리 판매는 급중하고 있다고 한다.

지후는 더 이상 작업은 포기하고 뒷산을 산책하기로 하였다. 가을의 냄새가 물씬하였다. 나뭇잎 사이를 비집고 들어온 빛줄기가 단풍으로 물들어 떨어진 낙엽 위로 쏟아진다. 서걱거리는 바람소리를 타고 가을은 점점 익어가고 있었다. 바람결에 묻어오는 가을은 지후의 허전한 마음을 차분하게 안으로 거두어들이고 있었다.

서울에 있으니까 친구가 불러내고 술 좋아하고 아름다운 여인과 대화를 좋아하는 지후는 틀에서 벗어나고 싶었다. 지후는 간단한 메모만 남겨 놓고, 속옷, 양말, 면도기, 간편복 몇 가지에 시집 몇 권과 노트북만 챙겨 집을 나섰다.

갈 곳이 딱히 정해진 것은 아니다. 땅끝마을이라는 해남에 갈까 하며 서해안 고속도로를 타고 내려가다가 수덕사의 원담 스님이 갑자기 생각나서 당진·대전 간 고속도로로 접어들었다. 여기서 10여 분 더 가서 고덕 출구를 빠져나와 20여 분만 더 가면 수덕사다.

고덕 인터체인지를 나오자 면천 방향 표지판이 나왔다. 면천에는 진달래꽃으로 유명한 몽산이 있는데 이 산기슭에 용담사(龍潭寺)라는 조그만 절이 있었다. 오래전에 수덕사에 들렀다가 원담 큰스님이 자기의 말사(末寺)라며 한번 가보라 하여 들른 적이 있는 절이다. 면천 방향 표지판이 나오자 불현듯 이 절이 생각난 것이다.

주지인 법오(法悟) 스님은 어느 신도의 장례 염불 때문에 출타 중이었고 경리 보살만 있었다. 나중에 알았지만 그녀는 수선심(水仙心)

이라고 불리고 있었다. 눈에 확 띄는 미인이었다. 갸름한 얼굴에 하얀 피부, 애수에 젖은 듯한 눈, 붉은 입술, 무언가 사연이 있는 듯한 얼굴이었다.

"며칠 묵을까 하는데 방 있습니까?"

"마침 입방생(入房生) 하나가 오늘 짐을 싼다고 해요. 그 학생 엄마가 오후에 데리러 온다고 했으니까 해 떨어지기 전에 방이 빌 거예요. 그동안 절 구경이나 하시고 기다리세요."

"입방료는 한 달에 얼만가요?"

"오십만 원입니다."

이 절은 수덕사의 말사이지만 사실상의 주인은 원담 큰스님으로 그가 이 절 주지의 임명권을 쥐고 있었다. 원담 스님이 불사를 일으켜 이 절을 만든 것이다. 주지 스님 한 분, 돈에 관한 절 살림을 도맡아 하는 경리 보살, 절 청소, 개보수, 식재료 구입 등 불목하니격인 관리인 한 명, 식당을 책임지는 공양 보살 한 명, 총 네 명이 절을 운영하고 있었다.

입방인을 위한 방은 네 개였다. 방 하나는 사법시험 준비생, 하나는 대입 준비생, 하나는 수양을 하려고 와 있다는 40대 후반의 남자가 차지하고 있었다. 주지는 해가 저서야 절에 돌아왔다.

"민지후라고 합니다. 공부를 좀 하려고 왔습니다."

"공부라면 혹시 도(道)라도 닦으시려고?"

"아닙니다. 저는 시인인데 시를 영어로 번역하는 작업을 하고 있습니다."

"시인이시라면 여기가 딱 좋습니다. 조용하고 뒷산이 야트막해서 산책하기도 좋고요. 봄이면 진달래꽃이 만발하는데 진달래 축제가 유명합니다. 요 밑에 시냇물이 흐르고 있어 여름엔 탁족(濯足)하기 딱 좋습니다. 그런데 동네 망나니들이 몰려와 개고기 잔치를 벌이는 바람에 그놈들 쫓아내기에 넌더리가 납니다."

스님치고는 수다가 심했다. 나이는 50대 중반인 듯했다.

"어디 사십니까?"

"서울 삽니다."

"어떻게 아시고 이 절에 오셨습니까?"

"원담 스님께서 말씀하셔서 몇 년 전 이 절에 온 적이 있습니다."

"아, 그러세요? 원담 큰스님은 제 은사 스승이십니다."

"얼마나 있을지 모르지만 잘 부탁드립니다."

"공양 시간은 아침은 7시, 점심은 11시, 저녁은 5시입니다. 늦으면 공양을 거르게 되니까 유념해야 됩니다."

공기는 싱그러웠고 달빛은 은밀히 열리는 꽃봉오리처럼 절 경내에 쏟아졌다. 지후는 절 근방을 산책하다가 페트병에 물을 떠가지고 방에 들어왔다. 내일 마을에 내려가서 물 주전자를 사와겠다고 마음먹었다. 그리고 커피, 커피포트, 머그잔, 비누 등 몇 가지 생필품도 사와야겠다고 요량하였다.

아침 식사는 참으로 소박하였다. 식판에 밥과 반찬을 각자 먹을 만큼 덜어오는데 남겨서는 안 된다. 반찬은 달랑 세 가지였다. 김치에 미역무침, 김이나 달걀말이에 국이 전부였다. 그렇지 않아도 지후는 체중 관리 때문에 걱정인데 여기에 머물면 다이어트는 저절로 되겠다고 속으로 만족하였다. 주지는 독상으로 밥을 차려 주는데 밥도 뚜껑 있는 그릇에 담아주고 반찬도 외부인보다 서너 가지는 더 많았다. 경리 보살과 관리인은 입방생과 똑같은 반찬을 먹었다.

아침을 먹고 지후는 절 경내를 산책하였다. 조그만 절이지만 감나무, 매실나무, 엄청나게 큰 매화나무, 보리수, 불두화 등 경내가 아담하게 꾸며져 있고 야트막한 뒷산에 앞이 탁 터져서 있어 가슴을 시원하게 하여 주었다.

마침 법당을 나오던 주지가 차 한 잔 하자며 지후를 이끌었다. 스님들은 거의 모두 녹차 등 차를 좋아하고 신도들 중 중국 여행을 하고 오면 중국차를 사오기 때문에 웬만한 스님은 차는 떨어지지 아니하였다.

법오 스님의 방은 정갈했다. 벽에 동양화가 걸려 있었고 서가에는 책이 빼곡하였다.

"그림이 참 좋습니다."

"어느 신도가 선물한 것인데 소승은 그림을 볼 줄 몰라서…… 괜찮은 것입니까?"

"제가 보기에는 아주 좋습니다. 폭포가 떨어지는 물가에 가부좌(跏趺坐)를 틀고 앉아 있는 신선은 아마 고승 같은데 참선(參禪)을 하고 있는 듯합니다. 경관도 여유롭고요."

법오는 전기포트로 물을 끓인 다음 숙우(熟盂)에 물을 담아 그 물을 다관(茶罐)에 부어 예열(豫熱)을 하였다. 예열된 다관의 물을 찻잔에 나누어 따라 찻잔을 데웠다. 그리고 차 우릴 물을 숙우에 받고 예열된 다관에 차를 넣었다. 알맞은 온도(60~70℃)로 식힌 숙우의 물을 다관에 넣었다. 찻잔의 물을 퇴수기에 버리고, 차가 우러나기를 기다려 차가 우러나자 찻잔을 옮겨가며 조금씩 나눠 따랐다.

"자, 드십시오."

"공부를 많이 하신 것 같습니다."

"큰스님을 모시고 있을 때는 공부를 좀 하는 체했으나 이제는 책 안 본 지가 언제인지 가물가물합니다."

지후는 다도(茶道)에 대하여 공부를 많이 한 것 같다는 뜻으로 말한 것인데 법오 스님은 불도 공부로 알아들은 모양이었다.

차는 색(色), 향(香), 미(味) 등 3요소가 조화를 이루어야 한다. 다도(茶道)는 정성스럽게 물을 잘 끓여, 좋은 차를 적당량 넣어 마시는 평범하고 일상적인 일이나, 이 평범한 일체의 행위들이 정신을 가다듬어야 한다고 하여, 선인들은 이를 도(道)로 승화시켜 차 끓이고 마시는 일을 다도(茶道)라 하였다.

우리나라의 다성 초의선사는 차의 기본을 '겸손'과 '덕행'이라고 하였다. 차를 달이는 모든 과정에 정신을 집중하지 못하면, 색과 향은 물론 맛도 제대로 내지 못한다는 이유에서였다.

차를 마실 때 형식적인 예절을 반드시 지켜야 하는 것은 아니지만, 가급적 자세는 정좌하고 눈은 앞사람을 직시하지 말고 언행은 조용하게 남의 말이 끝나면 조금 후에 말을 이어야 하고 소리 내서 차를 마시지 않는 것이 좋다.

"차 맛이 아주 좋습니다. 향기도 좋고 마시고 난 뒤 입속의 잔향이 은은한 게 일품입니다."

"네, 어느 보살이 중국 관광을 다녀와서 선물한 건데 보이차라고 합니다. 보이차의 원산지는 운남성인데 그윽하고 깊은 맛이 있어 사람을 편하고 조용하게 하지요. 차를 즐기는 것은 단순히 목이 말라서가 아니라 맑음과 고요함 그리고 그 향기를 누리기 위해서입니다."

찻잔이 비면 차를 계속 따라주어 서너 잔은 마신 것 같았다.

"차 잘 마셨습니다. 차 맛이 아주 좋습니다. 찻잎도 좋지만 스님 차 끓이는 솜씨가 보통이 아니십니다."

"이게 아무 것도 아닌 것 같지만 소승도 은사님한테 야단 맞아가며 배웠습니다."

"약소합니다만 찻값을 드려야겠습니다."

지후는 수표 두어 장이 든 봉투를 법오에게 건넸다. 법오는 고맙다는 말도 없이 주저 않고 돈을 받았다.

"막 신는 신발이 없으시지요? 고무신 하나 드리겠습니다. 몇 문을 신으십니까?"

세종대왕의 효과는 금방 나타났다.

마침 지나던 수선심이 고무신을 꺼내 들고 나오는 법오를 보고 '저 짠돌이가 웬일이야?' 하고 중얼거리며 지나간다.

소화도 시킬 겸 뒷산을 산책하기로 하였다. 가을은 무르익어 가을잔치가 절정을 이루고 있었다. 나뭇잎 사이사이로 간간히 황금빛

단풍이 우아하게 귀티를 발하고 있어 가을을 더욱 빛나게 하고 있
었다. 숲이 금빛으로 불타고 있었다. 가을바람이 불어왔다. 바람에
밀려 낙엽이 우수수 떨어진다.

가야 할 때가 언제인가를 알고 가는 이의 뒷모습은 얼마나 아름
다운가. 여름 한철 무성한 녹음이 축복에 싸여 정열(情熱)과 찬란(燦
爛)을 자랑하다가 가을이 오면 결실을 남기고 서서히 가버리는 잎사
귀들, 이러기에 자연은 위대하다. 아이패드에서 흘러들어오는 가을
노래는 가슴이 저려오도록 아름다웠다.

지후는 대학 3학년 때 진수아를 처음 만났다. 문리대(文理大)에 '카
사블랑카'라는 연극 동아리가 있었는데, 카사블랑카는 《욕망이라
는 이름의 전차》라는 유명한 연극 공연을 준비하고 있었다.

이 연극은 테네시 윌리엄스가 1947년에 발표한 희곡으로 영문학
도라면 누구나 한번쯤은 읽는 명작이었다. 이 연극의 성공 여부는
여주인공 블랑시의 캐릭터에 맞는 여배우를 캐스팅하는 것이었다.
그 즈음 사범대학 영어학과 1학년 여학생들과 미팅을 하였는데 여
기에 이 역에 딱 맞아 떨어지는 진수아가 끼어 있었다.

이 희곡은 1951년에 거장 엘리아 카잔의 감독으로 영화를 만들어
아카데미상을 3개나 수상했는데, 여주연공 블랑시 역에 지금까지도
중년의 남자라면 가슴속의 연인으로 남아 있는 미모의 여배우 비비
안 리가 맡았다.

비비안 리의 미모가 워낙 뛰어나고 허영심 많고 음란한 연기를 완

벽하게 소화해 내서 웬만한 배우가 이 역을 맡으면 연극이 빛을 발할 수가 없었다. 영화의 위력이 그만큼 컸던 것이다. 야성적이고 폭력적인 스탠리 역은 왕년의 명배우 마론 브랜드가 맡았다. 이 두 남녀 배우는 60년대 하리우드 최고의 배우였다. 이 연극의 간략한 줄거리는 다음과 같다.

여주인공 브랑시 드보아(비비안 리)는 미국 남부농장의 지주인 남편과 어린 시절 결혼했으나 남편의 충격적인 죽음과 농장의 몰락으로 받은 정신적 고통을 남자들과의 욕정으로 메워 나간다.

급기야 고향에서 쫓겨난 그녀는 뉴올리언스에서 살고 있는 동생의 집에 예고도 없이 찾아간다. 블랑시는 과거를 숨긴 채 우아하고 순결한 여자처럼 행동한다. 그런 그녀의 실상을 눈치 차린 동생의 남편 스탠리(마론 브랜드)는 그녀와 계속 갈등을 빚게 된다. 블랑시는 스탠리의 친구 밋치와 진지하게 사귀어 결혼 직전까지 갔으나 스탠리가 블랑시의 과거를 밋치에게 알려주어 둘의 결혼은 깨지고 만다.

동생이 아이를 낳으러 집을 비운 사이 스탠리는 블랑시를 겁탈하려고 해 블랑시는 정신적인 충격을 받아 정신병원에 입원하게 된다. 마지막 장면에서 블랑시는 의사에게 그녀의 명대사 "당신이 누군지는 모르지만, 저는 항상 낯선 사람들의 친절에 의지하며 살아왔어요." (Whoever you are, I have always depended on the kindness of strangers.) 라는 명대사를 남겼다.

진수아는 블랑시 역을 맡았고 민지후는 스탠리 역을 맡았다. 연극은 대성공하여 대학연극제에서 대상을 받았다. 둘은 연극 연습과 공연을 통하여 자연스럽게 사귀게 되었다. 그러나 연애 감정은 없었다. 그저 동료로서 지후는 수아를 감싸주었고 연습에 밤이 늦으면 집까지 에스코트해 주었다. 수아도 지후를 오빠인 양 따랐고 스스럼이 없었다. 말 그대로 오누이 같은 관계였다.

어느 가을 지후는 수아에게 해인사 구경을 가자고 하였다. 수아는 아무런 망설임 없이 지후를 따라 기차를 탔다. 대구에서 내린 그들은 합천까지 버스를 타고 거기서 택시로 해인사에 도착하였다. 물론 당시는 인터넷도 없었고 예약이라는 개념도 없을 때였다.

이미 밤이 늦어 해인사는 다음 날 구경하기로 하고 식당을 찾아 저녁을 먹은 다음 허름한 여관에 방 하나를 얻었다. 근처에 호텔이 있어도 거기에 묵을 처지가 되진 못했지만 당시는 변변한 여관조차 없었다.

해인사의 가을 밤공기는 청량하기만 하였다. 마침 그믐이어서 하늘은 칠흑(漆黑) 같고 별빛만이 휘영청 찬란하게 쏟아지고 있었다. 수많은 별들이 젊디젊은 그들을 축복하고 있었다. 지후는 별을 헤아리고 있는 수아를 뒤에서 살포시 껴안았다. 수아는 지후의 껴안은 손을 가만히 꼭 쥐었다.

"지후씨! 윤동주 시인의 서시(序詩)가 생각나네. 죽는 날까지 하늘을 우러러/ 한 점 부끄럼이 없기를,/ 잎새에 이는 바람에도 나는 괴로워했다/ 별을 노래하는 마음으로/ 모든 죽어가는 것을 사랑해야지/ 그리고 나한테 주어진 길을/ 걸어가야겠다// 오늘 밤에도 별이 바람에 스치운다"

"그래, 참 아까운 시인이 너무 일찍 죽었어. 윤동주의 시는 모두 주옥같아. 좀 더 살았더라면 롱펠로우나 보들레르 또는 워즈워스에 못지않은 서정시를 남겼을 텐데……"

그들은 같은 영문학도로 아름다운 시 이야기에 젖어 가슴이 뜨거워졌다. 갑자기 지후는 수아를 힘껏 껴안았다. 수아에게서 5월의 라일락 같은 싱그러운 향기가 은은히 전해왔다. 향수일까? 환상일까? 수아는 아무런 저항도 하지 않았다.

그러나 지후는 천진무구(天眞無垢)한 수아에게 더 이상의 행동을 보여서는 안 된다고 갈등하고 있었다. 여자로서 여기까지 술술 따라 온 것은 어느 정도의 각오와 준비가 되어 있다는 묵언(黙言)의 표시라고 보아야 하지 않을까. 이심전심(以心傳心)을 못 읽는다면 남자로서 바보가 아닌가. 고금을 통하여 동서양을 막론하고 첫 사랑에 여자가 먼저 의사 표시하는 경우는 없지 않은가. 하물며 동물의 세계에도 암컷이 먼저 구애하는 법은 없다. 해야 하나 참아야 하나, 지후는 충동을 억제하고 있었다. '지금 나는 수아를 사랑한다. 그러나 사랑의 고백조차 못한 상태이다. 나의 수아에 대한 사랑은 필리아의 사랑인가? 에로스의 사랑인가?'

마음의 준비가 되지 않은 지후는 고민과 고민을 거듭하다가 사랑의 고백도 못하고 별만 헤다가 해인사의 밤을 지냈다. 피 끓는 청춘 남녀가 로맨틱한 산사(山寺)에서 하룻밤을 지냈는데 아무 일도 없었다면 누가 믿겠는가.

만약 지후가 원했다면 수아는 이에 응했을 것이다. 그것은 여자가 하룻밤의 여행을 승낙한 것은 이미 무엇이든 받아줄 묵언의 의사 표시를 한 것이기 때문이다. 다만 지후는 결혼까지 내다보고 있었기 때문에 용기를 내지 못했고 그만한 억제력은 있었던 것이다. 당시는 여자와 관계를 맺으면 책임을 저야 하는 게 세태였다.

그해 겨울이 지나고 솜털 같은 봄이 오는가 하더니 금방 태양이 작열(灼熱)하는 여름이 청춘을 기다리고 있었다.

어느 날 지후에게 신문사로 전보가 왔다. "해운대에 있어요. 수아가" 딱 열 글자짜리 전보였다. 전보는 열 글자가 넘으면 요금을 더 내야 하기 때문에 글자 압축에 꽤 신경을 쓴다.

지후는 즉시 여름휴가를 내고 부산행 기차를 탔다. 부산진역에는 수아가 이젠가 저젠가 하고 지후를 기다리고 있었다. 몇 시 기차를 탄다고 전갈도 없이 내려 온 것이다. 주소가 없으니 전보를 칠 수도 없었고 더구나 숙소의 전화번호를 모르니 시외전화도 할 수 없었던 것이다. 수아는 그만큼 믿음이 있었다. 전보를 받자마자 득달같이 내려 올 것이라는 확신에서 하염없이 마냥 부산진역에서 기다리고 있었던 것이다.

"얼마나 기다렸어? 혹시 목이 빠지지는 않았겠지? 어디 묵고 있는지 알려 주었으면 내가 찾아갔을 텐데 무슨 생고생이야?"

지후는 수아의 손을 다정히 잡고 반갑게 해후(邂逅)를 즐겼다.

"나 정말 목 빠지는 줄 알았어. 서울에서 내려오는 기차는 완행이든 급행이든 손님이 다 나올 때까지 전부 기다렸어. 목 빠지는 건 둘째 치고 다리 아파 주저앉고 싶었어."

"그런데 뜬금없이 부산에는 왜 내려 온 거야?"

"부산에 사는 친구가 초대해서 친구 네 명과 해운대 해수욕장에 놀러왔는데 친구들은 서울로 올라가고 나는 남해에 있는 친척집에 들른다고 둘러대고 지후 씨에게 전보 친 거야."

"그럼 짐은 어디 있어?"

"요 앞 가게에 맡겨 놓았어."

"내 한가한 소리 한마디 할까? 시간이란 기다리는 사람에겐 너무 느리고, 걱정하는 사람에겐 너무 빠르고, 슬퍼하는 사람에겐 너무 길고, 기뻐하는 사람에겐 너무 짧으며, 사랑하는 사람에겐 영원하다는 말이 있어."

그들은 택시를 타고 해운대 수정여관에 짐을 풀었다.

"저녁은 무얼 먹을래? 맛있는 거 사줄게. 오늘 월급 탔어."

"오는 날이 장날이네. 해운대 왔으니 해운대갈비 먹어야지."

"친구가 갈비도 안 사주었어?"

"학생이 무슨 돈 있나."

수아는 술도 사양 않고 잘 마셨다. 당시만 해도 여자들이 술 마시는 것은 작부(酌婦)나 할 짓이고 사대부(士大夫)집 마나님들은 절대 술을 마시지 않았다. 양가집이나 여염집 아낙네는 물론이고 시장 바닥 아줌마들도 담배는 필지언정 술은 마시지 않았다.

술기운에 적당히 알딸딸해진 그들은 모래사장으로 나갔다. 밀려오고 밀려가는 바닷소리는 그들을 축복하는 여름밤의 교향곡이었다. 신발을 벗어든 그들은 잔잔히 밀려오는 파도를 밟으며 또는 피하며 손을 맞잡고 모래사장을 거닐었다. 지후의 손은 자연스럽게 수아의 허리를 감싸고 있었다.

"아, 황홀해요. 마치 천상을 향하여 날아 가고 있는 것 같아요."

"그렇게 좋아?"

"응~"

수아는 감정 표현에 꾸밈이 없었다. 내숭을 떨 줄을 몰랐다. 어쩌면 철이 없다고나 할까, 아니면 천진난만(天眞爛漫)하다고나 할까, 진실로 순진무구했다. 이날 밤 역시 그믐의 칠흑으로 별빛만 파도에 실려 희미한 빛을 발하고 있었다.

지후는 허리에 감았던 손에 힘을 주고 다른 한손으로는 수아의 등을 감싸 안았다. 자연스럽게 얼굴을 마주한 그들은 누가 먼저랄 것도 없이 입술을 포갰다. 숨이 가빠진 수아는 저절로 입술이 열렸다. 그사이 지후의 혀는 잽싸게 수아의 치아 너머를 침입하였다. 둘은 무아지경에 열렬히 서로를 탐닉(耽溺)했다. 첫 키스였다. 수아는 물론이고 지후도 처음해 보는 키스였다. 그 둘은 모두 키스의 경험이 없었지만 자연의 이치는 선생이 필요 없었다. 흥분할 대로 흥분한 그들은 황급히 여관으로 돌아왔다. 그해 가을, 그들은 결혼을 하였다.

점심 공양 시간이 되었다. 지후는 식판을 들고 배식대 앞으로 갔다.

"민 교수님, 이리오세요. 겸상(兼床)합시다."

민 거사(居士)라고 부르기는 적당치 않아 그냥 편하게 민 교수라고 부르는 것 같았다. 절에서는 남자 신도를 흔히 거사 또는 처사(處士)라고 부른다. 뚜껑에 담긴 밥은 이미 준비되어 있었다.

"다른 사람도 있는데 저만 특별 대우 받아도 되겠습니까?"

"민 교수님은 연세도 있으신데 젊은이와 같은 대접을 받아서야 되겠습니까?"

역시 세종대왕의 위력은 무소불의였다.

"여하튼 고맙습니다."

"민 교수님 혹시 바둑 두십니까?"

"네, 그저 흑백은 가릴 줄 아는 정도입니다."

"기력이 어느 정도입니까?"

"2~3급 정도 됩니다."

실은 지후의 바둑 실력은 1급이었다.

"소승도 2~3급 되는데 좋은 적수 만났습니다. 공양 끝나면 한 수 가르쳐 주십시오."

점심을 끝낸 그들은 주지 방에 들어가 차 한 잔을 마신 뒤 바둑판에 마주 앉았다.

"서로 실력을 모르니 호선(互先)으로 합시다. 소승이 돌을 쥐겠습니다."

법오가 검은 바둑돌을 한 움큼 쥐었다. 지후는 흰 돌 두개를 바둑판 위에 놓았다. 법오는 검은 돌을 둘씩 짝을 지어 바둑판 위에

배열하였다. 마지막 돌은 두개였다. 지후가 홀짝 수를 알아맞힌 것이다. 대국에서 알아맞힌 사람이 흑백의 선택권이 있었다. 이것이 호선 치수이다. 즉 맞바둑이다. 지후는 흑을 선택했다.

첫 판은 지후가 6집을 이겼으나 호선 치수이기 때문에 6집반을 공제하니 반집을 졌다. 호선에서는 흑을 쥔 사람이 백에게 6집반을 주어야 하는 것이 규칙이다. 분패한 것이다.

법오의 바둑은 정석을 무시하고 난전을 벌이는 철저한 야전 형으로 싸움바둑에 능했다. 상대방을 싸움에 끌어 들려 교묘한 수로 바둑의 주도권을 쥐고 혼전을 벌이는 것이다. 호선에서는 서로 흑백을 바꾸어가면서 두기 때문에 두 번째 판은 지후가 백을 쥐었다. 법오의 주특기를 간파한 지후는 법오의 인파이트를 슬슬 피하면서 아웃파이터 작전으로 나갔다. 잽으로 찔러보다가 스트레이트를 날리고 때로는 훅이나 어퍼컷도 날리는 등 치고 빠지며 지후의 페이스로 바둑을 끌어들여 대마(大馬)를 잡음으로써 불계로 이겼다.

수선심(水仙心)이 와서 저녁 공양 시간이 넘었다고 공양을 거를 거냐고 재촉을 하였다. 법오는 결판을 내자고 하며 백 바둑통을 가져갔다. 이 판에서는 지후가 또 백의 난전에 말려들어 대마가 죽음으로써 싱겁게 끝났다.

"자, 공양하고 한 판 더 둡시다."

법오는 완전히 바둑광이었다. 모처럼 좋은 적수를 만나 절제를 못하는 듯했다. 평생을 바쳐 도를 닦으며 모든 욕망을 떨쳐 마음을 닦는 게 스님의 길인데 법오는 가장 쉬운 게임의 중독에서 조차 벗어나지 못하고 있는 듯싶었다.

하기야 범인(凡人)인 지후는 한때 바둑에 미쳐 대학시절 등교하여 강의 첫 시간이 휴강이면, 친구와 대학 인근에 있는 기원에 가서 짜장면을 시켜 먹으며 밤 11시까지 바둑을 두곤 했다.

결혼 후에는 그 친구와 토요일 오후에 만나 두 밤을 꼬박 새고 내기바둑을 두다가 월요일 새벽에 집에 잠깐 들러 옷만 갈아입고 회사로 출근하기도 했다. 서로 집을 바꾸어 가며 바둑을 두었는데 처음에는 아내가 과일도 깎아주고 밤참도 주는 등 잔소리를 하지 않았다. 밤늦게까지 술을 퍼먹고 곤죽이 되어 인사불성으로 집에 들어오는 것보다는 낫다고 생각한 것이다.

그것도 잠시, 야통(夜通)이 너무 심하니까 이제는 손님이 와도 내다보지도 않았다. 쫓아내지 않는 것만으로도 고마워해야 할 판이었다. 이렇게 바둑을 좋아하는 지후로서는 시(詩) 번역을 위해서 조용한 곳을 찾아 절에 왔지만 법오의 바둑 대국 제안에 대한 유혹을 떨쳐낼 수 없었다.

"실력도 막상막하인 것 같고 그냥 두니까 재미가 없는데 내기바둑을 둡시다."

"좋습니다."

내기를 좋아하는 지후는 불감청(不敢請)이언정 고소원(固所願)이었다.

"소주 내기로 합시다."

"네?"

"왜요? 술은 곡차(穀茶)입니다. 서산대사 이래 우리나라 근대 불교에 거대한 족적(足跡)을 남기셨고 한국 선불교의 중흥조이시며 수덕사 만공 스님의 스승이신 성우(惺牛) 경허(鏡虛) 스님은 두주불사(斗酒不辭)셨습니다."

"경허 스님이 어떤 분이신데요?"

"그 유명하신 경허 스님을 모르십니까? 원효 대사가 신라 불교의 새벽을 열었다면 경허 스님은 서산 대사 이래로 근대 불교에서 선종(禪宗)을 중흥시킨 대선사(大禪師)이십니다. 다시 말씀드리면 거의 기진맥진 다 쓰러졌던 조선불교의 끝자락에서 다시 화톳불을 켜신 스님이십니다. 성철 스님보다 훨씬 더 위대한 분이셨습니다."

"그렇게 대단한 스님이십니까?"

"'제2의 원효'라고까지 부릅니다. 경허 스님 이야기가 나왔으니 말씀인데 재미있는 일화 하나 소개하지요. 스님이 충청도 서산 부석사(浮石寺) 주지로 있을 때인데 그때가 세수(世數) 40대 전후의 장년이었습니다. 그런데 어느 아리따운 처녀가 어머니를 따라 불공을 드리러 다녔는데 경허 스님과 그 처녀는 첫눈에 서로 반해서 연모(戀慕)를 하기 시작했습니다. 그런 얼마 후 그 처녀는 서산 바닷가 안흥(安興)의 유복한 집으로 시집을 갔습니다."

"네, 안흥이라면 안면도에 있는 어리굴젓과 꽃게잡이로 유명한 어항 아닙니까?"

"맞습니다. 그런데 경허는 처녀가 절에 나타나질 않자 기다리다 못해 그 처녀가 살던 갈산이라는 동네에 내려가 수소문한 끝에 그 처녀가 안흥의 부잣집으로 시집을 가버린 사실을 알게 되었습니다.

경허 스님은 절을 나와 안면도 바닷가의 안흥으로 찾아가 도갓집(都家)을 샅샅이 돌아다니며 목탁을 두드리면서 탁발(托鉢)을 시작했습니다.

당시 서산의 앞 바닷가 안흥은 어물들의 집산지로 전국에서 수많은 상인들이 몰려와 서산의 명물인 어리굴젓이나 어물들을 사가곤 하였으므로 제법 번창하였고 따라서 도갓집들이 많았습니다. 그 여인의 친정 마을에서 듣기로는 그녀가 시집간 집은 안흥에서 가장 부유한 어상(魚商)의 도갓집이라고 하였으므로 그런 집을 찾는 일은 그리 어려운 일이 아니었습니다. 가장 큰 도갓집을 발견하자 경허는 방갓을 쓰고 얼굴을 가린 채 목탁을 두드리기 시작하였습니다.

당시 어촌에서는 불교를 믿는 사람이건 아니건 간에 탁발승(托鉢僧)에게는 다만 쌀 몇 줌이라도 시주(施主)하는 풍습이 있었습니다. 대부분 바다를 생업으로 하여 배를 타는 어부들이었으므로 바다 위에서 폭풍이나 조난을 당해 바다 귀신이 되지 말고 무사히 뭍으로 돌아오라는 기복(祈福) 때문이지요.

목탁을 두드리며 염불(念佛)을 시작한 지 조금 지나자 이 집 안주인 같은 부인이 나와서 안으로 들어오라고 하였습니다. 탁발승들은 집주인이 문을 열어 들어오라고 하기 전까지는 문 안으로 들어서지 못하고 문 밖에 서 있는 것이 상례입니다. 경허가 안마당에 들어서자 안주인은 안채를 향하여 소리쳐 말하였습니다."

'애, 아가야, 쌀독에서 쌀을 됫박으로 듬뿍 퍼오너라.'

'예에~, 알겠구만유. 조금만 기다리셔유.'

경허는 단박에 그 목소리의 주인공이 오매불망(寤寐不忘) 그리던 그 여인의 목소리임을 알아차렸습니다. 그 순간 경허의 가슴에는 확~ 불이 지펴지는 느낌이었습니다. 경허는 드디어 그 여인이 시집 온 새 집을 찾아낸 것이었던 것입니다.

경허는 쓰고 있던 방갓을 더욱더 눌러 자신의 얼굴을 가리고 목탁을 든 채 묵묵히 서 있었습니다. 그녀가 쌀을 퍼오는 짧은 시간이 한 천 년이나 되었을까 싶게 느껴지고 있는 동안 경허의 가슴은 파도와 같이 고동치고 있었습니다. 쌀을 퍼가지고 오는 그녀의 발소리에 온몸이 얼어붙는 것 같은 전율을 느꼈습니다.

그날로 경허는 승복을 벗어 던지고 일꾼 행색의 변복(變服)을 하고 그 집 머슴으로 들어갔는데 주인마님은 경허가 탁발할 때 방갓을 깊숙이 눌러 쓰고 있었기 때문에 경허를 몰라 본 것이고 비록 머리가 짧기는 했지만 텁석부리 수염까지 기른 그가 승려임을 아무도 눈치채지 못했지요.

경허는 원래 기골이 장대하고 힘이 장사라서 소금가마도 거뜬히 지어 나르고 누구보다 부지런해 고깃배가 들어오면 제일 먼저 달려가 생선 짐도 운반하는 등 몸을 사리지 않고 일을 열심히 해서 주인의 신임을 담뿍 받았습니다.

특히 경허가 주인마님의 눈에 들었던 것은 부엌일을 누구보다 열심히 도와준 이유 때문이었지요. 바닷가라 먹을 물이 귀했는데 경허는 새벽같이 일어나 산 밑 샘터에서 먹을 물을 길어다 부엌의 항아리에 가득가득 부어 채웠으며 틈틈이 산 위에 올라가 시키지도 않았는데 나무를 해서 부엌 굴뚝 옆에 산더미처럼 쌓아놓기도 하였습니다.

경허가 안주인 눈에 들기 위해 무엇보다 부엌일에 열심이었던 것은 다 나름대로 이유가 있었습니다. 부엌일을 열심히 도와줘 안주인마님의 눈에 들어야만 부엌일을 하는 새색시와 자주 만날 수 있는 기회가 자연스럽게 생길 수 있기 때문이지요.

새색시가 시집온 도갓집의 새신랑은 노름에 미쳐 열흘에 하루 정도나 집에 들러 옷이나 갈아입고 또다시 휑하니 나가 버리는 것이 보통이라 그 낭자(娘子)는 시집을 오기는 하였지만 독숙공방(獨宿空房)의 청상과부(靑孀寡婦)나 다름이 없었습니다.

이런 형편이니 이미 절에서부터 서로 연정을 품은 경허와 새색시는 남의 눈을 피해 밤마다 정분을 나누었다고 합니다. 그러나 실제로 정을 통했는지는 아무도 모르고 다만 나중에 이러한 소문이 입에서 입으로 전해지고, 귀에서 귀로 떠다니는 동안 사실 이상으로 과장되어 살이 붙고 부풀려졌을 것입니다.

사실 남의 집 머슴살이를 하면서 그 집에 새로 온 새색시와 정분을 나눈다는 것은 쉬운 일이 아닐 것이고 어쩌면 경허는 평생을 통해 처음으로 느낀 첫사랑의 상대였던 여인을 못 잊어 다만 그녀를 가까운 곳에서 지켜보고 타오르는 연모(戀慕)의 정을 그런 식으로 달랬을지도 모릅니다.

최소한 부처님께 귀위(歸依)한 소승은 그렇게 믿고 싶습니다. 애당초 그 낭자와 눈이 맞아 서로 통정을 하였다는 소문 그 자체가 과

장된 허구일 가능성이 높고 워낙 기행(奇行)과 만행(萬行)으로 점철된 경허의 평생을 통한 무애행(無碍行)은 이러한 흥미로운 이야기를 지어내기에 충분한 소지를 갖고 있다는 것입니다.”

법오의 경허에 대한 흥미진진한 이야기는 계속되었다.

“그러나 꼬리가 길으면 잡히는 법인지라 계집종이 이 낌새를 알아채고 주인마님에게 일러바쳐 현장을 들키게 되었습니다. 그러나 안흥 일대에서 제일가는 부잣집의 며느리가 머슴하고 붙어먹었다는 소문이 날까 두려워 도갓집 주인은 경허를 그냥 내쫓고 없던 일로 하고자 하였으나 새색시의 젊은 남편은 펄펄 뛰면서 반대하고 나섰습니다.

그는 바닷가에서 주먹깨나 쓰며 먹고 사는 왈짜패들을 사서 경허를 멍석말이를 하여 분이 풀릴 때까지 작대기로 패대기를 친 다음 생선 창고에 가두었습니다. 구한말의 위대한 선승(禪僧) 경허는 닷새를 그 생선 창고에서 송장(送葬) 상태로 처박혀 있었다고 합니다.

마침 어물을 파는 행상 중 한 사람이 제철을 맞아 한창 판매 중인 어리굴젓을 사기 위해 도갓집에 들렀다가 주인이 없자 어물을 구경하려고 창고에 몰래 들어갔다가 거의 빈사 상태에 있는 경허를 발견하였습니다. 주인에게 이를 말하자 주인은 살인죄로 몰릴까 봐 전전긍긍하며 경허에게 두 손으로 싹싹 용서를 빌고 두둑한 노자를 주어 경허는 절에 돌아왔다고 합니다. 도갓집 주인은 그 행상에게도 입막음으로 큰돈을 주었다고 합니다.”

“그럼 그런 사실이 어떻게 알려지게 되었습니까?”

"세상에는 비밀이 없고 아무리 싸고 싸도 사향(麝香) 냄새는 숨길 수 없다는 말이 있지 않습니까? 경허가 만든 일생일대의 만행이라고 불리는 이른 바 '어촌만행(漁村萬行)'이 오늘날까지 이처럼 남아 전하게 된 것은 경허를 살려준 행상의 입을 통해서입니다.

불자였던 그 행상은 수덕사에 큰스님이 있다고 하여 친견(親見)도 할 겸 불공도 드릴 겸 절까지 찾아왔다가 경허를 보게 되었습니다. 그런데 법당 윗자리에 앉아 있는 큰스님이 자기가 죽음에서 구해준 바로 그 머슴이었던 것입니다.

눈썰미에 자신이 있는 그는 큰스님이 그 머슴이라고 단정을 내렸습니다. 그래도 그는 경허에게 직접 말을 건네지 못하고 당시 경허 밑에서 시자(侍子)로 있던 만공에게 '저 스님이 틀림없이 경허라는 큰스님이 맞느냐?'고 물어 보았습니다.

이를 확인한 장사꾼은 법당에 앉아 있는 경허에게 합장하고 배례한 후 '큰스님, 저를 모르겠습니까?'라고 물어 보았습니다. 경허는 돌로 만든 석불처럼 정좌를 하고 앉아 자신을 부르는 장사꾼을 마주 보았습니다. 그러나 그의 얼굴에는 전혀 감정이 깃들여 있지 않았습니다.

'저를 모르겠습니까? 스님' 장사꾼은 재차 물어보았습니다. 그러자 경허가 큰소리로 말하였습니다. '그대가 누구인고?' 재차 장사꾼이 '정말 저를 못 알아보겠습니까?' 하자 '그렇게 묻고 있는 그대는 도대체 누구인데?'

이 질문 한마디에 장사꾼은 대번에 입이 막혀 버렸습니다. 어떻게 당시 상황을 설명해야 할지 도저히 엄두가 나지 않아 쩔쩔매고 있자 경허는 갑자기 껄껄 웃으면서 소리쳐 시자인 만공을 불러 '귀한 손님이 찾아오셨으니 방을 잡아 드려 편히 쉬시게 하고 때맞춰 공양을 드리도록 하여라.' 하셨다고 합니다."

"그래서 어떻게 되었습니까?"

"그 장사꾼은 하룻밤을 머무르면서 제자인 만공과 혜월에게 자신이 보고 겪었던 모든 일들을 낱낱이 털어놓았다고 합니다. 경허에게는 세 수법제자가 있지 않습니까?"

"누구누구시죠?"

"흔히 삼월(三月)이라 불리는 수월·혜월·만공 세분의 달 중 가장 맏이인 수월(水月)을 상현달(上弦)이라 부르고 혜월(慧月)을 하현달(下弦)이라 부르며 만공(滿空)을 보름달인 만월(滿月)이라고 부른답니다. 이 세 수법제자 중 두 스님이 경허의 유명한 어촌 만행을 알게 된 것이지요. 그리고 그 장사꾼이 여기저기 다니며 자기가 당대의 가장 큰 스님의 목숨을 구해 주었다고 얼마나 자랑을 하고 다녔겠어요?"

"그 장사꾼이 수양이 덜 되었군요. 진정한 불자라면 범인이 용납하기 어려운 경허의 무애행을 무덤까지 가지고 가야지요."

"반드시 그렇지는 않습니다. 이 일화는 최인호 작가의 '길 없는 길'이란 소설에도 인용되어 세상에 더욱 널리 알려지게 되었습니다. 요석공주 사이에 자식까지 낳은 원효 대사님의 무애행을 비난하는 사람은 아무도 없듯이 깨우친 후에는 '무애행' 즉 무슨 일을 해도 상관없다는 것입니다. 그래서 경허를 한국의 마조(馬祖)라고도 부릅니다. 여하튼 경허는 조선불교를 다시 일으키신 위대한 스님입니다."

"마조가 누구입니까?"

"그 스님은 당나라 때 중국 조계혜능의 3세로, 남종선(南宗禪)의 선조이신데 일화가 무궁무진합니다."

"기회 있으면 언제 들려주십시오. 그런데 깨우친 후로는 술과 고기와 여자를 즐겨도 문제가 없다는 것은 후학(後學)에 문제가 있는 것 아닙니까?"

"그렇기는 하지요. 그런데 승려도 사람 아닙니까? 술, 고기, 여자가 사람의 마음을 어지럽게 하는 경지를 초월하면 이러한 금욕을 넘나들어도 된다는 것입니다.

또 이런 일화도 있습니다. 하루는 경허 스님이 만공스님과 멀리 탁발을 나갔는데 그날따라 탁발이 잘 되어 쌀 배낭은 무겁고 갈 길은 멀었다고 합니다.

만공스님이 뒤따라오기 힘들어하자 '빨리 가는 방법을 한번 써보겠다'며 경허는 물 길러 물동이를 이고 사립문을 나서는 젊은 여인의 귀를 잡고 번개같이 입을 맞추었다 합니다. 놀란 여인이 비명을 지르자 그 여인의 남편을 비롯한 동네 사람들이 작대기와 몽둥이를 집어 들고 쫓아왔습니다. 쌀을 메고 뒤따라가던 만공은 '걸음아 나 살려라' 하고 필사적으로 앞서 뛰어가는 경허 스님을 따라갔습니다.

어느덧 마을을 벗어나 동네 사람들을 따돌리고 절이 보이는 산길로 접어들자 경허 스님이 하시는 말이 '내 축지법(縮地法)이 어떠냐?'

라고 하였답니다."

'깨우치지도 못했으면서 경허의 무애행만 답습하여 술과 고기를 서슴지 않는 것은 땡중이나 하는 짓거리'라고 지후는 힐난(詰難)하고 싶었으나 억지로 참았다. 이를 알아차리기라도 한 듯 법오는 한마디를 보탰다.

"부처님은 소고기를 먹지 말라고 했지 돼지고기를 먹지 말라는 말씀은 하지 않았습니다. 그리고 신도가 스님을 자기 집에 모시고 공양청(신도가 스님들을 자기 집으로 모셔 음식을 대접하는 것)을 하겠다고 하는 경우가 있는데 이때 흔히 육류를 대접하는 경우가 많습니다. 이때 쓰는 육류가 스님을 대접하기 위해 새로 사온 것은 안 되지만 집에 먹다 남은 육류가 있다면 그것으로 요리를 해서 스님들에게 드릴 음식을 마련해도 상관없습니다. 그것은 어디까지나 남은 음식의 활용일 뿐이며 스님들은 그것을 고맙게 받아들이면 그뿐입니다. 스님이 이것저것 가리다 보면 음식을 공양하는 신도에게 불편을 끼치게 할 뿐만 아니라 평소 스님들도 공양을 받거나 공양을 나가는 데 있어 많은 어려움을 겪게 되므로 일단 발우 안에 들어온 음식은 육류라 할지라도 다 먹으라고 했습니다. 이것은 부처님의 말씀입니다."

"하지만 살생을 하지 말라고 하지 않았습니까?"

"그러니까 직접 도살하면 안 되고 남이 잡은 고기는 먹어도 되고 더구나 신도가 먹다 남은 음식이면 무엇이든 상관없다고 했습니다. 부처님께서 말씀하시길 훔치고 거짓말하는 일, 험담하고 친구를 배신하고, 난폭하고 잔혹하며, 몹시 인색해서 남에게 아무것도 주지 않는 사람이 비리다고 했지 육식이 비린 것은 아니라고 하셨습니다. 그리고 흔히 불가에서 발우의 음식을 다 먹어야 한다고 하고 있는데 '계율학'을 보면 발우의 음식을 남김없이 다 먹으라는 얘기도 찾아볼 수 없습니다."

'자기 합리화시키는 것은 철저히 연구했군. 바가지를 쓰고 저잣거리를 헤매던 무애행의 원조인 원효 대사의 파격적인 돌출행위를 빌미로 깨우치지도 못한 중들이 파계를 일삼는 것은 오늘날 불교계의 큰 골칫거리가 아닌가.'라고 대꾸하고 싶은 것을 지후는 꾹 참았다.

땡중하고 언쟁을 벌려봤자 끝이 없을 것이기 때문이다. 종교인들의 천상천하 유아독존(天上天下 唯我獨尊) 식의 아집(我執)은 절대 꺾을 수 없다는 것을 지후는 알고 있었다.

"자, 이제 사설은 접고 수담(手談)이나 나눕시다. 아까 얘기한 대로 소주 내기입니다."

법오는 난전에 어찌 강한지 어름어름하여 바둑이 엉켜 인파이트로 끌어들이더니 잽을 넣고 도망가고, 반격하면 성동격서로 파고드는 등 정신을 빼놓더니 법오가 불계승을 하였다.

"여기 용담산데 소주 네 병하고 족발 대(大)로 하나 빨리 갖다 주쇼."

"웬 소주를 네 병씩이나 시키십니까?"

"우리끼리 먹을 수야 있습니까? 보시(布施)를 해야지요."

그러더니 관리인을 불러 절에 요양하고 있는 유 거사에게 한잔하자고 전갈을 넣었다. 넷이 다 모이자 채 20분도 되지 않아 '부~

웅’하면서 오토바이 소리가 나더니 “족발 배달입니다.” 하는 소리가 들린다.

관리인이 나가 “얼마요?” 하니 “사만 구천 원입니다.”라고 대답하는 소리가 들렸다.

관리인이 소주와 족발 포장꾸러미를 들고 들어오며 “사만 구천 원이라는데요.” 한다.

지후는 만 원짜리 다섯 장을 주었다.

“어떻게 이리 빨리 배달됩니까?”

“요 밑에 사하촌(寺下村)에 전화만 하면 짜장면이든 통닭이든 무엇이든지 배달이 됩니다. 민 교수님도 입맛이 없을 때는 전화만 하면 됩니다.”

머리를 맑게 하려고 산사로 들어왔는데 출발부터 무언가 어깃장이 났다. 주지가 바둑을 너무 좋아한다는 것이 문제의 발단이었고 지후도 바둑이라면 절대 마다하지 않는 취향도 문제이고 셋째 그 둘의 기력이 비슷한데다 바둑 두는 스타일이 정반대라서 대국이 너무 재미있다는 것이 문제였다.

지후는 정통파에 아웃파이터이고 법오는 완전히 독학으로 익힌 야전형의 인파이터이었다. 밤만 되면 법오는 박 씨를 보내 한 수 하자고 초청을 하는 것이었다. 마다할 지후가 아니었다.

“매일 소주를 마시니 속이 안 좋아요. 소주 내기는 이제 그만 하고 돈내기를 합시다.”

정말 못 말리는 땡중이었다.

돈이 오가니까 서로 전력을 다하여 일승일패(一勝一敗), 막상막하(莫
上莫下), 용호상박(龍虎相搏), 난형난제(難兄難弟)였다.

법오의 휴대전화에 알람이 울린다. 새벽 3시였다. 예불(禮佛) 시간
인 것이다. 판은 법오가 불리하였다.

"예불을 드려야 하니까 이 판은 무승부로 합시다."

지후는 바둑판이 천정에 오락가락하여 잠을 붙이는 둥 마는 둥
잠을 설치고 아침 공양을 하러 식당에 갔다. 법오가 보이질 않았다.
법오와 겸상으로 차려진 식탁이라 혼자 먼저 먹을 수도 없었다. 한
10여 분 기다리니까 법오가 나타났다.

"잘 주무셨습니까?"

"네, 모처럼 푹 잤습니다."

법오는 수련을 해서인지 피곤한 기색 하나 없었다. 늦어서 미안하
다는 말 한마디 없었다. 절에서는 주지가 왕이었다. 스님은 새벽 일
찍 일어나 예불하고 기도하고 점심 공양하고 울력(運力, 스님들의 노동
을 일컫는 말)하고 또 기도하는 것이 하루의 일과인데 법오는 오전이
나 오후에 법당에 기도하거나 염불하는 장면을 발견할 수 없었다.

지후는 방에 들어와 점심 공양 때까지 정신없이 잤다. 점심을 먹
고 경내를 산책하고 있자니 유 거사가 다가왔다.

"술자리에서는 인사도 못 올리고……, 유영빈이라고 합니다."

"저는 민지후입니다."

"간밤에 고생께나 하셨죠?"

"어떻게 아십니까?"

"이 손바닥만 한 경내(境內)에서 일어나는 일은 다 알게 마련이지요. 거사회(居士會) 간부에 김 사장이라는 분이 있는데 그분도 바둑을 좋아해서 법오 스님과 내기바둑으로 밤을 새는 날이 다반사였습니다.

중간에 예불을 드려야 하니까 한동안 뜨내기 중을 고용해서 예불을 드리게 하고 본인은 바둑을 두었습니다. 그런데 법오 스님이 김 사장보다 실력이 두어 점 위인데도 맞바둑으로 두어 김 사장이 상당한 돈을 잃었다고 합니다.

그래서 김 사장은 절에 발을 끊고 나타나지 않자 예불 전담 고용 스님도 내보냈습니다. 처음에는 판(板) 내기를 하다가 방(房) 내기로 바꾸고 그것도 점점 단위를 높여 가니까 민 교수님도 조심하셔야 할 것입니다."

"글쎄요. 지금은 실력이 비슷한 것 같은데 두고 봐야죠. 유 거사님은 기력이 어떻게 되십니까?"

"저도 관전은 할 정도의 기력은 됩니다. 하지만 법오 스님에게 몇 번 당한 뒤로는 한 수 하자고 하면 '바둑을 두면 골이 빠개진다'고 엄살을 떨며 피하곤 합니다."

"그런데 유 거사님은 절에 들어온 지 얼마나 됩니까?"

"벌써 2년이 다 되어가는군요."

"그럼 지금 일은 쉬고 계십니까?"

"네, 대기업인 대성전자에서 잘나가고 있었는데 벤처사업을 하는 선배가 부사장 자리를 준다고 해서 자리를 옮겼습니다. 한동안 잘

나갔죠. 그런데 신제품을 개발하여 중국에 수출했는데 그 수입 업체가 부도가 나는 바람에 수출 대금을 못 받게 되었습니다. 신제품 개발에 사내유보금은 말할 것 없고 거액의 은행 융자까지 받아써서 우리도 부도(不渡)를 맞고 말았지요. 저도 퇴직금을 출자했는데 고스란히 떼었습니다.”

“그러면 생활은?”

“그럭저럭 지내고 있습니다.”

뒤에 안 일이지만 수선심에 의하면 유영빈의 부인은 2년 동안 한 번도 다녀가지 않았고 입방료도 수개월 밀려 있다고 했다. 무슨 사연이 있는 듯했다. 그러나 사귀고 보니 사람이 싹싹하고 아는 것도 많아 이야기가 잘 통했다. 더구나 그는 자동차가 있어 매일 아침 일찍 사하촌 마을 편의점에 가서 C일보와 M경제지를 사오는데 C일보는 먼저 지후 방에 넣어주고 바꿔보았다. 그리고 그는 군청에서 운영하는 도서관에서 책을 빌려오는데 이를 지후와 나눠 보기도 했다.

2

늦가을의 뒷산으로 올라갔다. 서걱거리는 바람소리를 타고 가을은 익어가고 있었다. 바람결에 묻어오는 가을은 사람의 마음을 차분하게 안으로 거두어들이고 있었다. 이제 겨울 준비를 해야 할 때가 되었다. 나의 황금빛 가을도 다 지나가고 이제 잿빛 겨울이 오는 것일까. 등산객마저 오지 않는 이곳은 낙엽이 수북이 쌓여 발걸음을 옮길 때마다 푹신푹신한 게 소복한 눈을 밟는 것 같았다.

방에 들어와 커피를 한잔 끓여놓고 책상 앞에 앉았다. 좀 전에 낙엽에 취한 감동이 아직 남아 있어 시 한 편을 막힘이 없이 쉽게 번역하였다. 커피 향을 즐기며 번역된 시를 음미하니 제법 마음에 흡족하였다.

하루 일이 끝났다 생각하고 방바닥에 누워 아이패드를 눌렀다. Yves Montant의 Autumn Leaves가 흘러나온다. 이 샹송은 수아와 사랑의 언어로 얽힌 사연이 있기 때문에 가을이 오면 꼭 한 번쯤은 듣는 노래다.

창가에 낙엽은 흐르고

나는 당신의 입술과 여름의 키스를 보고 있네.

당신이 떠난 후 날은 깊어만 가고

나는 곧 오래된 겨울의 노래를 들으리.

지후는 갑자기 수아가 보고 싶어졌다. 가슴에 뜨거운 그 무엇이 활활 타오르는 듯했다. 60을 훌쩍 넘긴 지후이지만 지후의 열정은 식을 줄 몰랐고 아름다운 것을 보면 거기에 빠져드는 듯한 즐거움을 느꼈다. 이 순간 수아와 사랑의 밀어를 속삭이고 싶었다.

고즈넉한 산사(山寺)에 홀로 있자니 먼 옛날의 해인사의 추억이 되살아났다. 집에서는 느끼지 못했던 수아에 대한 사랑이 되살아나는 듯했다. 시 한 수를 번역했다는 희열감과 충만감에 ≪고엽≫을 들으니 갑자기 가슴이 젖어와 수아가 그리워진 것이다. 서울로 전화를 걸었다.

"나 면천의 용담사에 와 있는데 지금 와줄 수 있어?"

"미쳤어요? 이 늦은 오후에 거기가 어디라고 오라는 거예요? 학교는 어떻게 하고요. 메모지 한 장 달랑 남겨 놓고 가출하더니 며칠도 되지 않아 나보고 오라니……. 우물쭈물하지 말고 어서 짐 싸들고 집으로 와요."

젊은 시절 진수아는 얼마나 낭만을 좋아하고 감성적이었던가.

지후의 가슴은 어느새 싸늘히 식어 버렸다. 수아는 옛날의 수아가 아니었다. 그녀의 가슴은 이제 메말라 버렸고 그저 평범한 주부로 변해 버린 것이다.

백화점 식품부에 들러 한때 수아가 좋아하던 와인에 생선회를 사가지고 집에 가면 '그 비싼 와인은 왜 사가지고 왔느냐'며 핀잔을 주어 지후의 기분을 상하게 하는가 하면 생일 선물로 명품 핸드백을 사주면 다음날로 백화점에 가서 환불을 하고 R석 뮤지컬 표라도 사가지고 가면 난리가 났다. 당장 S석으로 바꾸라는 거였다. 어디에 앉든 감상하기는 마찬가지인데 귀족이라도 되는 줄 아느냐는 거였다.

거기에다가 요즘 들어와서는 수아의 잔소리가 부쩍 늘었다. 차라리 서로에게 관심이 없어서 무풍지대처럼 지내는 것이 낫다는 생각이 들 때도 있었다. 아내의 잔소리는 고래로부터 모든 가정에서 아니, 전 세계의 모든 가정에서 끊임없이 일어나는 일상사다. 그래서 아내의 잔소리에 대한 속담도 많다.

노르웨이에서는 '아내의 충고를 가볍게 여겨서는 안 된다. 행복은 아주 작은 도움도 즐겁게 받아들이는 것이다.', 스코틀랜드에서는 '아내의 충고는 쓸데없는 것이지만 그것을 받아들이지 않는 남편에게는 재앙이 온다.', 영국에서는 '아내의 충고가 대수롭지는 않다. 그러나 그 충고를 받아들이지 않는 남자는 바보다. 아내의 최초의 충고에는 귀를 기울여라. 그러나 두 번째 충고는 듣지 말라.'라는 말이 있다.

수아는 말끝마다 노후 대책을 위하여 돈을 아껴 쓰라고 한다. 돈은 살아가는 데 없어서는 안 되는 것이지만 돈이 우리가 살아가는 목적은 아니다. 엄청난 돈을 가지고 있다 해도 이런저런 일들을 할 수 있는 것은 아니다. 돈이 사람을 행복하게 해줄 수 있다면 왜 영국 왕실이 그렇게 많은 문제에 시달릴까? 더 많은 돈을 버는 것보다 제한된 수입 안에서 현명하게 지출하고 아끼며 쓰는 것이 더 효과적이다.

자식에게 물려줄 재산에 대하여 고민하고 갈등을 느끼는 사람이 많다. 그러나 가장 이상적인 것은 죽기 전에 장례비용만 남겨 놓고, 가지고 있는 돈을 자기를 위하여 모두 쓰도록 노력하는 것이다. 나름대로의 처지에 맞게 인생을 즐기자는 것이 지후의 철학이다. 우리가 세상을 떠난 후에 자녀들에게 남겨 줄 유산을 위해 허리띠를 졸라 맬 필요는 없다. 자녀들은 자신들이 원하는 만큼의 교육을 시켜 주었으면 자신이 알아서 생활을 꾸려 나가야 한다. 마치 예금주처럼 필요할 때 찾아와 경제적 지원을 요구해서는 안 된다.

주위 사람보다 돈을 많이 가지고 있지 않다고 불평해서는 안 된다. 시기와 질투는 우리를 분노하게 만들고 수명도 단축시킨다. 불평하는 대신, 가지고 있는 얼마간의 돈이라도 즐길 준비를 하는 것이 좋다. 약간의 돈으로도 즐길 수 있는 길은 얼마든지 있다. 한 예로 친구들과 공짜 지하철을 타고 춘천 닭갈비에 막걸리 한잔을 한다거나 온양온천에 가서 대중탕에서 온천욕을 즐기면 하루가 간다. 삶이 가르쳐 주는 바를 깨닫고 마침내 죽음을 앞에 두고 내가 헛된 삶은 살지 않았구나, 돌이켜 보며 미소 띤 얼굴로 갈 수 있으면 되지 괜히 아등바등할 필요는 없다.

화가 난 지후는 사하촌에 통닭과 맥주를 주문하고 유영빈을 방으로 초대하였다.

"절 생활에 애로는 없습니까?"

"사람 사는 곳에 왜 애로가 없겠습니까만 여기서는 사람과 부딪칠 일이 없으니까 마음만은 편합니다. 계절의 변화도 뚜렷해서 그것을 즐기는 맛도 만만치 않습니다.

그런데 겨울이 오면 고생깨나 해야 합니다. 사하촌에서 여기까지는 약 2km가 되는데 절 입구에서부터는 절에서 눈을 치워야 됩니다. 그게 1km정도 되는데 만만치가 않습니다. 그리고 절 경내도 쓸어야 하는데 그것도 힘들고요. 주지스님과 관리인만으로는 도저히 감당할 수 없기 때문에 입방생들이 도와주어야 하는데 민 교수님은 연세도 있고 하니까 면제시켜 주겠지요."

"그래도 보고만 있을 수 있나요. 이 절에 원담 스님이 가끔 들립니까?"

"제가 들어온 후 한 번도 보지 못했습니다. 그런데 저 위에 요사채가 하나 있지요? 거기에는 서가에 책이 가득 꽂혀 있는데 원담 스님 책이라고 합니다. 공부를 많이 한 스님 같습니다."

"그런 큰스님의 수제자가 법오 스님 정도일까요?"

"법오 스님은 수제자 반열에는 오르지 못하고 상좌 스님이었을 뿐입니다. 법오는 절에 제일 먼저 들어온 것뿐이지 학문이 그리 높지 못해요. 원담 스님 밑에 동자 스님이 셋이 있었는데 제일 위가 법오(法悟)이고 둘째가 법광(法光), 막내가 법운(法雲) 스님인데, 만나보시면 아시게 되겠지만 법광 스님은 그야말로 땡초입니다.

그러나 법운 스님은 정말 존경스런 스님입니다. 하안거(夏安居), 동안거(冬安居)를 빠트리지 않으시고 일정한 절도 없이 삼의일발(三依一鉢) 즉, 세 종류의 옷과 발우만 가지고 법명대로 구름같이 떠돌며 흐르는 물과 같이 여기 저기 선방(禪房)을 옮겨 다니면서 수도를 하는 운수납자(雲水納子)인데 봄이면 꼭 용담사에 오셔서 하안거 결제일(음력 4월 15일)까지 계시고, 동안거 해제일(음력 1월 15일)이 지나면 다시 용담사에 오셔서 겨울을 보내십니다.

하안거 들어가시기 전에 절 채전에 상추며 쑥갓 등을 뿌려놓아 여름 한철 절 사람들이 잘 먹습니다. 학문이 매우 높아 민 교수님과 대화하시면 얘기가 잘 통할 겁니다. 한마디로 학승(學僧)이지요.

박학다식하신데 한번은 산에 함께 올랐는데 산나물 이름이나 버섯 이름을 훤히 알고 있을 뿐더러 산수유 꽃이나 생강나무 꽃을 구분 하여 속으로 놀랐습니다. 산수유 꽃이나 생강나무 꽃은 비슷하지 않습니까?

주지스님도 법운 스님이 세수는 어리지만 상당히 어려워합니다. 관리인 박 씨한테 들은 얘긴데 원담 큰스님이 이 용담사 주지를 법 운 스님에게 주려고 했다고 합니다. 그런데 본인이 공부에 전념하고 싶다고 극구 고사하는 바람에 법오 스님 차례가 된 거죠."

"꼭 만나 뵙고 싶군요."

"동안거가 시작하기 전(음력 10월 15일)에 여기서 한동안 머무시는 때도 있으니까 뵐 기회가 있을 겁니다. 4월 초파일 행사는 그 스님 이 집전하십니다. 초파일에 계시면 재미있는 일을 많이 보시게 될 텐데 그날은 부처님의 날이 아니라 주지스님의 날입니다. 평소에는 한적한 이 절에도 석가모니 오시는 날은 신도가 구름같이 몰려들어 절 경내가 꽉 찹니다.

절 입구 도로가 2차선인데 1차선은 주차장으로 쓰고 거사회 신 도들이 주차요원으로 자원 봉사하여 한쪽만 통행하도록 통제하고 있습니다. 그래서 한쪽 길은 차가 사하촌까지 주차되어 있고 노인 들이 탄 차만 절 입구까지 올라오게 하고 있습니다.

그러면 주지스님은 가사(袈裟) 자락을 펄럭이며 일일이 신도들을 영접하는데 어찌나 날렵하고 민첩한지 동에 번쩍 서에 번쩍합니 다. 불사는 법운 스님 주재로 집전하고 주지스님은 신도 접대에 여

넘이 없는 거죠. 그것은 불전함에 넣는 시주 액수와 다 관련이 있는 겁니다."

"하산하더라도 그때 한번 와서 꼭 구경해야겠습니다."

"더 재미있는 것은 주지스님과 경리 보살이 불전함에 마주 앉아 밤늦게까지 그날 들어온 시주 돈을 셉니다. 사무실이 유리창으로 되어 있어 밖에서도 보이는데 저도 석간수(石間水)에 물 뜨러 나왔다가 우연히 보았습니다.

다음 날 주지스님은 연등 값 포함하여 초파일에 들어온 돈의 상당액을 큰스님에게 싸들고 가서 상납합니다. 물론 연등 값이 초파일에 들어온 돈보다 훨씬 많지요. 연등 값은 최하가 3만 원인데 이것은 절 경내 야외에 거는 것입니다. 법당 안에 거는 연등은 최소 백만 원 이상이고 천만 원 이상도 있다고 합니다. 초파일 다음 날 아침에는 주지스님이 책 보따리에 돈을 싸들고 수덕사로 갑니다. 은사스님인 원담 스님에게 상납하러 가는 거지요. 이것을 소홀히 하면 주지 자리를 빼앗긴다고 합니다."

"세상사는 이치가 속세나 선가(禪家)나 다름이 없군요. 무소유로 일생을 보내신 법정 스님이야말로 이런 먹이사슬에 귀감(龜鑑)이 되시는 스님이라고 할 수 있겠습니다. 법정스님은 인간이라면 누구나 가지고 있는 욕망을 버리셨습니다. 살아가는 데 있어서 필요한 생필품의 최저 선을 스스로 정해 놓으시고 결코 그 선을 넘지 않으셨습니다. 출가 수행자는 무엇보다 먼저 가난해야 하며 가난할수록 부자라고 말씀하셨습니다. 물론 무소유만으로는 행복해질 수는 없겠지요. 하지만 오히려 그렇기 때문에 법정스님은 가난한 삶, 무소유의 삶을 강조하신 것이 아닐까 싶습니다."

맥주가 들어가니 이들의 이야기는 끝없이 이어졌다.

"절 생활 2년 하다 보니까 이것저것 알게 되는데 재미있는 얘기 한 말씀드릴게요. 스님들은 주어진 공양물(供養物)만으로도 충분히 만족해야 하고 물질적 풍요로움에는 관심을 두지 않는 소위 소요지족(少欲知足)을 원칙으로 하는 생활을 해야 마땅한데 박 씨 말에 의하면 주지스님은 돈에 집착이 많아서 아파트도 한 채 가지고 있고 예금도 상당히 많다고 합니다.

수선심이 주지의 방을 청소하다가 우연히 이것을 알아차리고 주지스님을 유혹하여 관계를 맺은 다음 이 사실을 은사 스님이나 신도에게 알린다고 위협하여 한 밑천 우려내려고 하는데 주지스님이 여기에 넘어가지 않는다는 겁니다.

수선심은 자기 소임도 아닌데 아침에 일어나면 세면 준비, 방청소, 옷 시봉, 외출할 때면 옷차림, 준비물 챙기기 등 마치 속가(俗家)에서 부인이 하는 시중을 들고 있답니다. 물론 주지야 좋지요. 대접 받는 데 싫어할 사람이 어디 있습니까?

황진이의 유혹에 30년간 벽면(壁面)만 바라보고 수도에 정진하던 지족선사(知足禪師)도 넘어갔는데 법오는 이 점에 관해서는 아마 서경덕 정도의 법력(法力)은 쌓았나 봅니다. 웬만한 남자라면 수선심의 미모에 넘어갈 텐데 말입니다.

신도중에는 수선심에게 흑심(黑心)을 품고 불공(佛供)을 핑계 삼아 절을 들락거리는 쓸개 빠진 친구들이 많습니다. 척 보면 알 수 있지요. 절에 와서 불공은 드리지 않고 괜히 수선심 주위를 서성거리며 수작을 부리는 작자들이 많거든요."

"법오는 법력이나 내공이 아니고 금력(金力)으로 수선심의 유혹을 이겨내는 것이 아닐까요?"

"그럴지도 모르지요. 하지만 수선심은 아직도 미련을 버리지 못하고 여전히 법오 스님을 공략하고 있습니다. 하지만 제가 볼 때에는 법오가 절대 수선심의 유혹에 넘어가지 않을 것입니다. 보셨죠? 바둑 둘 때 온 신경을 집중시켜 전심전력을 다 하지 않습니까? 법오는 돈에 대한 집착이 아주 유별납니다. 집이 찢어지게 가난하여 초등학교에 들어가기도 전에 밥숟갈 던다고 부모가 법오를 절에 동자승(童子僧)으로 의탁했다고 합니다. 그래서 모든 걸 버려도 절대 돈은 놓을 사람이 아닙니다. 지내보시면 아시겠지만 머리가 아주 좋습니다. 바둑도 혼자 독학으로 익혔다고 합니다."

"수선심은 어떤 여자인가요?"

"3년 전 수양을 한다며 절에 들어 왔는데 불공을 열심히 드렸다고 합니다. 원래 불교 신자인가 봅니다. 마침 경리 보살이 속가로 돌아가게 되어 경리 보살 자리가 비자 주지의 권유에 따라 절에 눌러 앉게 된 모양입니다. 성격이 까칠하여 말 부치기가 여간 조심스러운 게 아닙니다. 쉬운 여자가 아니지요. 아마 자식도 남편도 없는 듯합니다. 무슨 사연이 있는 게 틀림없습니다. 미인박명(美人薄命), 아니 미인불명(美人不明)인 듯합니다. 그 아름다운 얼굴에 무언지 모르지만 우수에 가득 찬 그림자가 드리워져 있지 않습니까?"

맥주에 적당히 주기가 오른 유영빈은 자기가 아는 정보를 끊임없이 쏟아내고 있었다.

작업은 느리게 진행되고 있었다. 마감 시간에 쫓기는 일도 아니기 때문에 지후는 서두르지 않았다. 시라는 것은 단어 하나가 무한한 뜻을 함축하고 있기 때문에 단어 선택을 조금만 바꾸어도 느낌이 확 달라진다.

시인은 열 몇 줄에 지나지 않는 한 편의 시를 쓰기 위하여 작가가 단편소설 한 편 쓰는 데 드는 노력과 시간을 소모하는 경우가 많다. 물론 천재시인이나 즉흥시인은 취기가 올라 아름다운 여인이나 절경의 자연을 보면, 가슴이 뜨겁게 달아올라 앉은 자리에서 일필휘지(一筆揮之)로 후세에 남을 명시를 뽑아내기도 한다.

그러나 보통 시인은 한 편의 시를 쓰기 위해서는 고독과 고통 그리고 노력과 수많은 추고를 거쳐야 한다. 그런데 그것을 외국어로 번역하면 느낌이 달라지기 때문에 알맞은 시어를 찾는 것은 지극히 어려운 일이다. 선무당 잡는다고 번역가가 번역을 하면 차라리 쉬운데 원작자가 번역하면 아무리 고치고 고쳐도 마음에 차지를 않는다. 단어 하나가 전해오는 느낌이 다르기 때문이다.

그렇다고 해서 외국인 독자에게 원작자가 번역한 것이 전문 번역가가 번역한 작품보다 더 좋게 평가되는 것은 아니다. 그것은 현지

평론가의 몫인 것이다.

이 겨울이 지나기 전에 작품을 완성할 수 있을지 의문이었다. TV나 신문도 안 보고 휴대전화도 꺼놓았다가 필요할 때만 거는 등 외부와 완전히 단절된 생활을 할 요량으로 산사에 들어온 것인데 법오는 밤마다 바둑대국을 하자고 초청하고 주지 방에는 스카이TV가 있어 궁금하면 언제나 외부 소식을 알 수 있고 신문은 매일 아침 유영빈이 넣어주니 속가나 다름이 없었다.

이러다가는 죽도 밥도 안 될 것 같아 지후는 어느 날부터 주지의 초청을 딱 끊었다. 예정된 작업이 늦어져 시간이 없다는 핑계를 댄 것이다. 실제로 그랬다. 바둑을 끊으니 술자리도 사라졌다. 이제는 원하는 일상으로 돌아온 것이다. 아침 6시에 일어나 유영빈이 사온 신문을 잠시 훑어보고 7시에 아침 공양하고 소화 겸 커피 한잔 하며 유영빈과 잠시 잡담하다가 작업에 들어갔다. 11시에 점심 공양하고 뒷산에 한 시간 정도 올라가 운동하고 오후에 2~3시간 작업한 뒤 5시에 저녁 공양하고 유 씨와 한담을 나누다가 방에 들어와 책을 읽었다.

이때는 관리인 박 씨도 곧잘 끼었다. 이 시간이 그가 가장 한가한 시간인 것이다. 그의 일은 전기, 수도, 보일러 등 각종 수리, 채전 관리, 불당을 비롯한 경내 청소, 절에 필요한 제반 용품을 비롯한 야채 등 식자재 구입, 노인네 신도들이 사하촌까지 버스를 타고 와서 절에 전화를 하면 그들을 봉고차로 절에 실어 나르기 등 온갖 잡일을 도맡아 하는데 박 씨는 절에서 서열이 가장 낮지만 그가 없으면 절이 돌아가지를 않는다. 손재주도 많아서 못 하는 것이 없었다.

"절에서 일하신 지는 얼마나 됐습니까?"

민지후가 말을 꺼냈다.

"벌써 10년이 넘었습니다."

"그럼 그전에는 무슨 일을 하셨습니까?"

그는 50을 훌쩍 넘긴 나이인 것 같았다.

"이것저것 안 해 본 일이 없습니다. 군대 갔다 와서 첫 직장은 제가 다니던 초등학교 소사(小事, 허드레 심부름꾼)로 들어갔는데 동네 청년들이 모두들 서울로 올라가기에 저도 무작정 상경하였습니다. 그래서 공사판 막일꾼으로 시작하여 잠잘 데가 없어 공사장 야번(夜番)도 하고 겨울철에는 연탄가게 배달부, 이발소 보조, 식당주방 보조, 주차관리원을 하다가 그 식당에서 만난 여자와 결혼하였습니다. 그 뒤 둘이 약간의 돈을 모아 조그만 분식집을 차렸습니다. 그 후 먼 친척의 소개로 이 절에 오게 된 겁니다. 제 집은 여기서 멀지 않은 홍성입니다. 조그만 식당이라서 둘이 있을 필요가 없는 거죠. 한 달에 이틀 휴가를 주는데 지낼 만합니다."

"자녀는 어떻게 되십니까?"

"아들 둘에 딸 하나인데 아들 하나는 당진에 있는 제철공장에 다니고 하나는 서울에서 지하철 기관사로 일하고 있습니다. 며느리들도 다 맞벌이를 하고요. 딸은 간호사고 사위는 초등학교 교사입니다."

"자식 농사를 아주 잘 지으셨습니다."

"네, 그게 제 인생의 성공이지요. 뭐 장관이 되고 국회의원이 되야 성공한 것입니까? 옛날에는 입신양명(立身揚名)하거나 큰돈 벌어야 성공했다고 하는데 오늘날에야 어찌 높은 벼슬하거나 큰돈 벌었다고 성공한 인생이라 할 수 있나요?"

"그렇습니다. 인생의 최종적인 목표는 행복이지요. 행복하지 않다면 출세와 재산이 무슨 의미가 있겠습니까? 높은 자리에 올라갔다가 모든 것을 잃은 사람도 수 없이 많고 돈이 많으면 오히려 불행한 사람들이 많습니다. 우리나라는 기적적 경제성장으로 큰돈을 번 사람이 많지만 세계 각국의 행복도를 비교하면 우리나라가 최하위권이라고 합니다. 너무 빠른 경제 성장 과정에서 발생한 긴 근무시간, 물질에의 집착, 남과의 비교 때문에 자신이 불행하다고 생각하는 사람이 많은 거죠."

"아무리 돈을 벌어도 더 큰 만족감을 위해선 더욱 더 많은 물질을 필요로 하게 됩니다. 특히 대박을 꿈꾸는 심리는 행복의 발목을 잡게 됩니다."

유영빈이 거든다.

"행복은 주관적인 것입니다. 행복은 자기가 하는 일에 얼마나 만족하는가, 가족을 얼마나 사랑하는가, 스스로 행복하다고 생각하는가, 같은 주관적 차원의 문제입니다. 박 씨는 이런 점에서 진정으로 행복한 사람이라고 할 수 있겠습니다."

"신도 중 한 분이 이런 말씀을 하더군요. 행복에 이르는 비결은 남과 비교하지 않는 것이라고요. 저는 중학교밖에 나오지 못했지만 이런 일을 하는 저를 비웃는 친구들이 있거나 말거나 개의치 않습니다. 출세한 동창도 있지만 아직도 뚜렷한 직업 없이 부모에 얹어 사는 동창도 있습니다.

민 교수님께서 말씀하셨지만 저는 지금 제 일에 만족합니다. 물 좋고 공기 좋은 이곳에서 제 할 일만 다 하면 누구의 간섭도 받지 않고 듣기 싫은 소리도 안 듣습니다. 또 어렵게 지내서인지 힘이 핀 지금은 가족끼리 화목하고요. 그러면 된 것 아닙니까?"

"그래요. 박 씨는 참 행복하십니다. 돈이 많으면 좋은 집에 살고 비싼 옷과 맛있는 것 맘대로 먹고 해외여행도 실컷 다니겠지만 삶의 즐거움까지 누리게 되는 것은 아닙니다. 오히려 돈은 행복을 누릴 수 있는 능력을 파괴시킵니다. 이것은 돈이 가지는 두 가지 얼굴입니다. 돈으로 욕망을 채우고도 삶의 재미를 느낄 수 없는 까닭은 일상생활에서 행복을 갈망하는 수준이 갈수록 높아지기 때문입니다."

"부자는 곧 행복이라는 등식은 성립되지 않습니다. 돈이 전혀 없다면 불행한 삶을 살게 되겠지만 행복은 결코 가진 돈의 양에 비례하지 않습니다. 경제적 문제가 해결된다고 해도 사는 맛이나 사는 재미는 자연스럽게 오지는 않습니다. 더 적게 바라는 것이 행복을 높이는 훌륭한 방법이라고 생각합니다."

유영빈의 말이다.

"다 가졌다고 해서 행복한 것은 아닙니다. 한 가지 예를 들지요. 미국 루즈벨트 대통령의 부인은 마흔여덟 살의 나이에 자살로 생을 마감했습니다. 그녀는 모든 여성들이 선망하는 행복의 조건을 모두 갖추고 있었습니다.

세계적인 회사인 듀퐁사의 상속녀이기 때문에 어마어마한 재산을 가진 부자였고 유명 화가들이 모델로 삼고 싶어 할 정도의 뛰어난 미모와 매력적인 육체를 소유한 미인이었습니다. 게다가 학벌도 좋았고 남편이 미국의 대통령이니 무엇 하나 부러울 게 없는 여자였지요. 그런데도 그녀는 자살하고 말았습니다. 그녀는 그렇게 완벽한 조건 속에서도 전혀 행복을 느끼지 못했던 것입니다."

"사실 모든 것이 완벽하게 갖추어진 삶에는 긴장과 도전, 인내와 기대, 노력과 성취 등의 묘미가 없어 생이 무료하고 따분하고 지루하여 무미건조해 버립니다."

"다소 철학적인 얘기인데, 행복하기에 가장 이상적인 조건은 가득 채워진 상태가 아니라 앞으로 채워야 할 공간이 있는 삶일 것입니다. 무언가 채울 것이 있는 상태에서 한 가지씩 채워나가는 것, 부족한 것을 조금씩 메워가는 것, 뭐 이런 것이 행복이 아닐까요?"

"맞습니다. 신혼 초에 부모가 사준 집에 온갖 가구를 갖추어 놓고 시작하는 부부보다 한 가지씩 가구를 늘려가고 집 마련을 위해 돈을 조금씩 모으는 부부가 훨씬 사랑하고 행복하게 사는 경우를 많이 보아 왔습니다."

"우리들은 흔히 성공적이고 행복한 삶의 조건을 돈, 권력, 명예, 건강 등에서 찾습니다. 그리고 대부분의 사람들이 이것들을 삶의 목표로 삼고 노력하지요. 그러나 이것들은 우리의 삶을 다소 편리하게 할 수는 있으나 행복한 삶은 별개의 문제입니다. 이러한 네 가지 조건을 하나도 가지지 못한 사람도 행복하게 살아가는 사람이 얼마나 많습니까?

중요한 것은 일입니다. 일은 행복한 삶의 매우 중요한 요소입니다. 일이 없는 삶은 보람과 만족과 기쁨이 없는 무의미한 삶이 아닐까요?

자기가 좋아하는 일을 하는 사람이야말로 진정으로 행복한 사람이라 할 수 있습니다. 바꾸어 말하면 이 세상에서 가장 행복한 사람은 자기의 직업과 취미가 일치하는 사람이지요. 세계적인 지휘자 카라얀, 토스카니니, 유진 오르만디, 레오폴드 스토코프스키 등은 모두 90세 이상 살았는데 그 이유는 연주가는 매일 신체적 운동을 하고, 많은 경제적 수입이 있으며 항상 청중의 우레와 같은 박수갈채를 받아 마음을 기쁘게 하기 때문입니다. 그리고 지휘자는 모든 연주자를 지배하고 관리하며 하나의 왕국을 형성하기 때문입니다. 이 모든 것이 직업과 취미가 일치하는 거지요."

박 씨는 귀 기울여 듣고만 있었다.

지후는 지금의 삶이 과연 행복한지 생각해 본다. 경제력은 어느 정도 안정되어 있고 사회생활도 화려하지는 않지만 별 기복 없이 순탄하게 정년을 맞았다. 아버지가 시골 초등학교 교사라서 그리 풍족하지는 않았지만 학비 걱정은 크게 하지 않고 대학을 마쳤다. 국립대학이어서 등록금이 그리 많지 않았고 용돈이 궁하면 가끔 가정교사를 했다. 아들과 딸은 모두 결혼하여 전문직 분야에서 안정된 생활을 하고 있고 손자들도 건강하게 공부도 잘 하고 있다. 지후는 성격이 긍정적이어서 출세한 동창을 부러워하지 않고 부정적인 고민에 빠지지 않고 살아 왔다.

누가 말하기를 미국사람은 '남에게 도움이 되는 사람이 되어라'라고 하고, 일본사람은 '남에게 폐를 끼치지 말고 살아라'라고 하는데 우리나라 사람은 '남에게 지지 말아라'라고 한다고 한다. 우리나라는 유교적 양반 문화인 '체면' 때문에 남에게 뒤떨어져서는 안 된다는 사회적 분위기가 강한데, 이것은 사람에게 항상 강박감을 주어 인생을 고달프게 한다. 하지만 지후는 남과 비교하며 살지는 않아 마음이 편했다.

다만 은퇴하고 나서 새삼스럽게 수아와 연애 시절 즐겨 듣던 5·60년대 팝송을 듣고 라이브카페에서 와인을 마시고자 하면 그곳은 바람피우는 사람들이나 들락거리는 데라고 한다든지, 연극 구경을 가자고 하면 거기는 젊은 애들이나 가는 곳이라고 핀잔을 주곤하고, 모처럼 주말에 양수리 등 교외에 가서 맛있는 것을 사 먹자고 하면 동네에도 맛있는 집이 많은데 휘발유 값 들여가며 먼 데로 가느냐고 김을 빼서 매우 속이 상했다. 그리고 친구들과 술값을 좀 과다하게 썼다고 수아는 잔소리를 해댔다. 지후는 분위기를 좋아했고 아름다운 여인을 좋아했다. 그러나 그것은 바람은 아니었다. 마치 르노아르의 그림을 보는 것과 같이 아름다움에 심취되는 것이다.

어느 일요일 모처럼 외식을 하며 수하가 농담이랍시고 이런 얘기를 하였다.

"여보, 매일 거실에서 빈둥거리는 남편은 '거실 남', 온종일 잠옷 차림에 아내에게 걸려온 전화를 귀 쫑긋 세우고 엿듣는 남편은 '파자마 맨', 어딜 가나 따라오는 남편은 '정년(停年) 미아', 하루 세 끼 밥 차려줘야 하는 남편은 '삼식(三食)이'라고 한대요. 재미있죠?"

"재미 하나도 없네. 남자는 정년퇴직하면 다 그렇게 되는 거 아냐? 그래도 나는 삼시 세 끼 당신이 해주는 밥은 안 먹으니 다행인 줄 알라고."

"그럼 진짜 재미있는 얘기 하나 할게. 다소 충격적일 수도 있어.

'남편 팝니다. 사정상 급매입니다. x년 x월 x일 xx예식장에서 구입했습니다. 한때 아끼던 물건이었으나 유지비도 많이 들고 성격장애가 생겨 급매합니다. 구입 당시는 A급인 줄 착각해서 구입했습니다. 마음이 바다 같은 줄 알았는데 잔소리가 심해서 사용 시 만족감이 떨어집니다. 음식물 소비는 동급의 두 배입니다. 다행히 외관은 아직 쓸 만합니다. A/S는 안 되고, 변심에 의한 반품 또한 절대 안 됩니다.' 어때요? 유머지만 좀 너무하긴 해요."

"그런 우라질 유머가 여편네들 사이에서 떠돌고 있단 말이야? 평생 고생하여 가족들 먹여 살렸는데, 은퇴하고 돈 못 버니까 하늘같은 남편을 고장 난 라디오 내팽개치듯 하다니……. 아무리 유머라지만 세태를 반영한 거야. 아, 이 누란의 시대, 배신의 시대를 어찌 헤쳐 갈꼬."

"1980년만 해도 우리나라 국민의 평균 수명은 65.7세로 안정된 직장을 가지고 있다가 65세에 정년을 채우고 퇴직하던 시절이었지 않아? 그래서 그때는 은퇴 후 부부가 함께 사는 시간이 길어야 채 10년을 넘지 않았어.

하지만 이제는 초 고령화가 가속화돼 '100세 시대'가 눈앞에 닥쳤고, 쉰 안팎에 조기 퇴직하는 고용 불안정까지 겹치면서 은퇴 부부가 함께 사는 기간이 30~40년에 달하는 '초장기 노인부부' 시대가 온 거야.

그러니 노부부 간의 '평화로운 공존'과 '갈등 관리'가 인생에서 그 무엇보다 중요한 화두가 된 거지. 당신은 나한테 감사해야 해. 아직은 낮 시간 동안은 당신이 집에서 왕이니까."

"그래, 감지덕지(感之德之)다. 이제 저녁 준비도 내가 할까? 지금도 청소와 세탁은 내가 하고 있지 않아?"

"당신은 거안실업 회장님이셔."

"무슨 회장이라고?"

"'거'실과 '안'방을 오가는 '실업'자 회장님이시지."

"아니, 내가 사회에서 완전히 은퇴한 줄 알아? 그래도 나는 현역 시인이야. 가끔 작품도 발표하고……. 돈 번다고 너무 괄시하지 마."

수아의 감성은 점점 메말라 갔고 무디어 갔다. 하지만 지후는 아직도 아름다운 것을 보면 가슴이 두근두근하고 뜨겁게 달아 왔다. 영화를 보거나 소설을 읽다가도 눈물이 흘러나오고 심지어 음악을 듣다가도 눈물이 흘러 나왔다. 아직도 성적 능력은 좀 쇠퇴하기는 했지만 여전했고 수아가 원치 않아 이를 분출하지 못해 불만이 쌓여 갔다.

가을이 깊어가는 밤늦은 어느 날 주지가 부르기에 가보니 수선심과 둘이 앉아 있었다.

"수선심이 감을 따가지고 와서 민 교수님을 불렀습니다. 감이 잘 익었습니다."

아마 수선심이 감을 미끼로 주지와 은밀한 대화를 하려고 분위기를 잡으려고 하니까 법오가 지후를 부른 눈치였다.

"감이 아주 맛있습니다. 감나무에 감이 주렁주렁 매달려 있던데 왜 수확을 하지 않습니까?"

"박 씨는 바쁘다고 감 딸 생각을 하지 않고 주지님은 체면상 감나무 근처에도 가시지 않으니 여자지만 저 아니면 딸 사람이 없어요."

"그럼 마음대로 따 먹어도 됩니까?"

"얼마든지 따 잡수세요. 그냥 내버려두면 까치밥밖에 되지 않습니다."

"이 용담시는 수덕사의 말사(末寺)라고 들었는데 수덕사는 한국 불교계에서 어떤 위치입니까?"

"수덕사는 근대 한국 불교계의 큰 봉우리이신 경허와 만공을 배출한 사찰일 뿐더러 우리나라 5대 총림(叢林) 중의 하나입니다."

"총림이란 무엇입니까?"

"총림이란 쉽게 말해서 경전을 배우는 강원(講院), 선을 닦는 선원

(禪院), 율을 배우는 율원(律院)이 다 갖추어진 사찰로서 승속(僧俗)이 화합하여 한곳에 머무름이 마치 수목이 어우러진 숲과 같다 하여 이렇게 부르는 것입니다."

"그럼 5대 총림은 어디 어디입니까?"

"조계총림인 송광사, 해인총림인 해인사, 영축총림인 통도사, 고불총림인 백양사 그리고 덕숭총림인 수덕사입니다."

"삼보사찰이라는 말도 있던데 그것은 무엇입니까?"

"우리나라의 삼보사찰은 첫째 불보사찰로, 부처님의 진실사리를 모신 경남 양산의 통도사이고 둘째 법보사찰로, 팔만대장경을 모신 합천 해인사 셋째 승보사찰로, 16국사를 배출한 전남 승주의 송광사를 말하는 것입니다."

"법오 스님 설법 한마디 듣고 싶습니다."

"소승이 설법을 접은 지 한참 됩니다. 나름대로는 깨달음을 얻었으나 내가 만약 신도들을 위해 법을 설하더라도 그들은 그것을 알아듣지 못할 뿐 아니라 도리어 혼동만 일으킵니다.

소승이 긴 세월에 걸쳐 더 할 수 없는 노력으로 수행하여 이제 비로소 얻기 어려운 법을 조금이나마 깨닫게 되었습니다. 하물며 이럴진대 소승의 몇 마디 설법이 신도에게 무슨 도움이 되겠습니까? 스스로 깨우쳐야지요.

소승이 비록 신도들을 위해 설법을 한다고 해도 탐욕과 분노와 어리석음에 깊이 물들어 있는 중생들이 소승의 말을 듣고 실천하지 못할 것이니 중생을 위해 설법하는 것이 공연히 나 자신만 수고

롭게 하는 것이 아니겠습니까? 부처님의 법은 미묘하여 때로는 세상의 일들과 서로 반대되기도 합니다. 이러기 때문에 소승은 차라리 입 다물고 설법을 하지 않습니다."

수선심은 '쥐뿔 뭐 아는 게 있어야 설법을 하지……' 하며 들릴 듯 말 듯 삐죽거린다.

"깨달음이란 무엇입니까?"

"부처님도 깨달음을 얻기 위해 6년을 고행했고 달마선사도 면벽 9년 만에 깨우쳤는데 어떻게 한마디로 깨달음에 대하여 논할 수 있겠습니까?"

"깨달음에 도움이 되는 책 하나 추천해 주십시오."

"조선조 최고의 고승이신 서산대사의 ≪선가귀감(禪家龜鑑)≫을 드리지요. 이 책은 경전의 가르침 위에 곧바로 깨닫는 바른 문(悟門)과 깨달음 뒤에 다시 발심해서 만행(萬行)을 닦아야 하는 법을 밝히고, 교문(敎門)은 오직 한 마음(一心法)을 전하며 선문(禪門)은 오직 깨달음(見性法)을 전하는 것임을 분명히 하여 생사의 괴로움을 벗어나는 참된 길을 제시하는 저술입니다. 명저이지요."

수선심은 '알고나 하고 하는 소리야? 아마 제대로 읽어 보지도 않았을걸. 법문 한 말씀하라니까 쏙 빠져나가더니……'라고 종알거리며 안녕히 주무시라는 인사도 없이 나가 버린다.

법오는 수선심이 경리 업무 등 자기가 맡은 일은 똑 소리 나게 속이지 않고 정확하게 하기 때문에 좀 예의가 벗어나도 오불관언(吾不關焉)이었다.

절에 들어온 지 거의 한 달이 지났건만 한번 다녀가라는 지후의 전화에 수아는 무반응이었다. 전화도 용건이 있으면 하는 정도지 안부 전화도 없었다. 지후가 전화를 하면 '무슨 일 있어?' 하고 '별일 없다'고 하면 전화를 끊어, 정다운 전화를 할 기분이 나지 않았다.

하루는 아침 공양을 끝내고 커피를 마시고 있는데 수선심이 문을 두드린다.

"오늘 바쁘세요?"

"아니요. 왜요?"

"수덕사 구경 가지 않으실래요? 주지스님 심부름으로 수덕사 원담 스님께 가야하는데 주지 스님 차가 시동이 걸리지 않아요. 바쁘시지 않으면 민 교수님 신세 좀 질게요."

"네, 좋은 기회네요. 그러지 않아도 원담 스님께 문안 인사를 드리려던 참이었습니다."

"원담 스님을 아세요?"

"친구의 소개로 한번 친견(親見)한 적이 있습니다."

그들은 지후의 차를 타고 수덕사로 향했다. 20분이면 닿을 수 있는 거리였다.

"주지 스님 차는 제가 개인적인 일이 있을 때도 가끔 빌려 타는데 차가 10년은 넘어서 운행 중에 시동이 자주 꺼져 견인차를 부른 적이 한두 번이 아니에요. 그런데도 새 차를 뽑으라 하면 '중이 무슨 돈이 있느냐'고 말을 듣지 않네요."

"오늘은 무슨 심부름을 가십니까?"

"뭐 중요한 것은 아니고 원담 스님께 차(茶)를 갖다드리는 거예요. 대홍포단차(大紅袍團茶)라는데 아주 비싸다고 해요. 중국 무이산의 대홍포를 3년 동안 9번의 초청과 오랜 시간 응달에서 만든다고 합니다. 어디서 선물 들어왔나 봐요."

"우리도 한잔 얻어 마실 수 있을까요?"

"안 될걸요. 그 제자에 그 스승이라고 원담 스님도 여간 짜지 않아요. 하지만 스님을 만나 뵈면 좋은 말씀은 많이 들을 수 있을 거예요."

단풍철이 끝났는데도 수덕사의 경내는 사람의 인파로 매우 혼잡했다. 그들은 대웅전을 뒤로 하고 정혜사(定慧寺)로 올라갔다. 정혜사는 수덕사를 중창하신 만공 스님이 참선 도량하시던 암자이다.

법당에는 5~6명의 할머니 보살님들이 원담 스님과 차를 마시고 있었다.

"어떻게 수선심이 민 시인하고 같이 오지?"

"법오 스님의 심부름으로 왔습니다. 차를 전해 드리라고요."

"자, 무슨 차인지 보자. 시원치 않은 차면 도로 가져가. 수선심이나 먹든지. 어? 이거 대홍포단차 아냐? 엄청 귀한 건데"

"스님 저희 중생에게도 차 맛 좀 보여 주셔요. 얼마나 좋은지 한번 음미해보게요."

"안 돼. 이런 귀한 차는 마실 때가 따로 있어. 가령 예불을 끝냈을 때라든지 귀한 손님이 불원천리하고 오셨을 때라든지."

"큰스님, 오랜만에 친견합니다. 오늘 좋은 법문 한 말씀 들려 주시지오."

"보살님도 와 계시니 재미있는 얘기 한마디 하지요. 만공 스님이 수덕사 주지로 계실 때 이야기입니다.

만공 스님의 시봉인 어린 진성사미가 어느 날 사하촌의 짓궂은 나무꾼들을 따라 산에 나무를 하러 갔다가 재미있는 노래를 가르쳐 줄 테니 따라 부르라는 나무꾼의 장난에 속아 시키는 대로 '딱따구리 노래'를 배우게 되었습니다.

저 산의 딱따구리는

생나무 구멍도 잘 뚫는데

우리 집 멍텅구리는

뚫린 구멍도 못 뚫는구나.

아직 세상 물정을 몰랐던 철없는 진성사미는 이 노랫말에 담긴 뜻을 알 리가 없었습니다. 그래서 진성사미는 절 안을 왔다 갔다 하며 구성지게 목청을 울려 이 해괴한 노래를 부르곤 했습니다. 그러던 어느 날 진성사미가 한창 이 노래를 부르고 있는데 마침 만공 스님이 지나가다 이 노래를 듣게 되었습니다. 스님은 어린 사미를 불러 세웠습니다.

'네가 부른 그 노래, 참 좋은 노래로구나. 잊어버리지 말거라.'

'예, 큰 스님.'

진성 스님은 큰스님의 칭찬에 신이 났습니다. 그러던 어느 봄날, 서울에서 상궁과 나인들이 불공을 드리러 왔다가 노스님을 찾아뵙고 법문을 청하였습니다.

만공 스님은 쾌히 승낙하고 마침 좋은 법문이 있으니 들어보라 하며 어린 사미를 불렀습니다.

'진성아. 네가 부르던 그 딱따구리 노래, 여기서 한번 불러 보거라.'

많은 여자 손님들 앞에서 느닷없이 딱따구리 노래를 부르라는 노스님의 분부에 어린 사미는 그 전에 칭찬을 받은 적도 있고 해서 멋들어지게 딱따구리 노래를 불렀습니다.

'저 산의 딱따구리는 생나무 구멍도 자알 뚫는데……'

철없는 어린 사미가 이 노래를 불러대는 동안 왕궁에서 내려온 청신녀(淸信女)들은 얼굴을 붉히며 어찌할 줄 모르고 고개를 숙이고 있었습니다.

이때 만공 스님이 이렇게 말씀하셨습니다. 이 노래는 절 밑에 살고 있는 나무꾼들이 나무를 하면서 부르는 노래입니다. 얼핏 들으면 상스런 노래인 것 같지만 이 노래에는 인간이 가르치는 만고불역(萬古不易)의 핵심 법문이 깃들어 있는 것입니다.

두두물물(頭頭物物), 진진찰찰(塵塵刹刹), 눈으로 보이는 모든 것, 귀에 들려오는 모든 소리들이 법문이 아닌 것이 없지만 이 노래에는 불교의 신리가 깃들어 있습니다. 마음이 깨끗하고 맑은 사람은 '딱따구리 노래' 속에서 많은 것을 얻을 것이나, 마음이 더러운 사람은 이 노래에서 한낱 추악한 잡념을 일으킬 것입니다.

원래 참법문은 맑고 아름답고, 더럽고 속악(俗惡)한 경지를 넘어선 것입니다. 범부(凡夫) 중생이라 하여도 부처와 똑같은 불성(佛性)을 갖추어 가지고 이 땅에 태어난 모든 사람은 누구나 원래 뚫린 부처의

씨앗(佛種子)임을 아무도 모르고 있소. 이 사람들이야말로 뚫려 있는 구멍도 뚫지 못하는, 딱따구리보다 더 어리석은 멍텅구리라 할 수 있는 것입니다.

뚫려 있는 구멍, 뚫려 있는 이치를 찾는 것이 바로 불법(佛法)이오. 탐욕, 분노, 어리석음의 삼독(三毒)과 환상의 노예가 되어 버린 어리석은 중생들이야말로 뚫려 있는 구멍을 뚫지 못하는 딱따구리보다 못한 불쌍한 멍텅구리인 것이오. 진리는 이처럼 지극히 가까운데 있소. 대도(大道)란 막힘과 걸림이 없어 원래 훤칠히 뚫린 것이기 때문에 지극히 가깝고, 결국은 이 노래는 뚫린 이치도 제대로 못 찾는 어리석은 세상 사람들을 풍자한 훌륭한 법문인 것이오."

이어서 원담은 설법을 이어갔다.

"한낱 나무꾼들이 부르는 패설가(悖說歌)를 통해 생나무 구멍을 잘 뚫는 딱따구리를 빗대어 자신의 욕정 하나도 제대로 만족시켜 줄 줄 모르는 남편을 빈정거리는 육두가(肉頭歌)로, 불법의 진리를 꿰뚫어 설법한 이 법문은 대단한 법곡(法曲)인 것입니다."

"그런데 흔히 마음을 비우라는 말들을 많이 하는데 이것은 나를 비우라는 말과 같은 뜻입니까?"

민지후가 말에 감히 끼어들었다.

"≪잡아함경≫에 이런 말이 있습니다. '이긴 사람은 더욱 미움을 사고 진 사람은 잠자리가 불편하다.' 그리고 '이기고 지는 것을 함께 버리면 편안하게 잠들 수 있으리라.' 부처님께서는 '나라는 집착 때문에 온갖 괴로움이 발생하지만, 아집(我執)을 버리면 고통이 소멸하며 편안하고 즐거운 해탈의 세계를 경험할 수 있다고 말씀하셨습니다.

'나를 버리라'라는 말은 있지도 않은 나를 있다고 생각하고 집착하는 마음을 버리라는 뜻입니다. 물건을 쓰레기통에 버리듯 나라는 것을 버려야 한다고 생각한다면 부처님의 가르침과는 멀어집니다.

그러면 무엇이 나인가? 나라는 것은 현재 경험하는 인식의 영역에서 육체(色), 감정(受), 생각(想), 의지(行), 의식작용(識)입니다. 그러나 나는 어제처럼 오늘도, 오늘처럼 내일도 그대로 유지되는 것 같지만 그 속성을 찬찬히 관찰해보면 고정된 것이 없이 끝없이 변화합니다. 이것을 무상(無常)이라고 합니다. 끝없이 변화하는 육체, 감정, 생각, 의지, 의식에는 고정된 실체가 없으므로 그것은 나도 아니고 내 것도 아닙니다. 또한 그 다섯 가지를 벗어나 따로 존재하는 나도 없습니다. 이것을 무아(無我)라고 합니다.

'내 육체다.'라고 생각하는 순간 나의 육체가 아닌 물질이 동시에 성립하고, '내 감정이다'라고 느끼는 순간 내 감정과 다른 감정이 동시에 성립합니다. 생각, 의지, 의식도 마찬가지입니다. 오른쪽과 왼쪽은 누가 먼저 성립하는 것이 아닙니다. 어느 한쪽을 규정하는 순간 빈대쪽은 동시에 성립하는 것입니다. 이렇게 '나'의 것과 '나 아닌 것' 사이에 있지도 않은 선을 긋고 주변과 마찰을 일으키는 것을 아집이라고 합니다."

"스님. 저 바빠서 이만 갈게요."

수선심이 초를 친다.

"왜 법문이 지루했나? 나는 나름대로 재미있고 쉽게 얘기했는데……."

"아닙니다. 저는 불자는 아닙니다만 감명 깊게 들었고 깨우치는 바가 많았습니다. 훌륭하신 법문 고맙습니다."

지후는 예를 갖추었다.

그들은 밖에 나왔다.

"나는 무슨 소린지 아무 것도 모르겠네. 민 교수님은 이해가 되세요?"

"불자인 수선심이 무슨 소린지 모르겠다고 하는데 문외한인 나야말로 쇠귀에 경 읽기지."

법당을 빠져나오자 수선심은 자연스럽게 지후의 팔짱을 낀다.

순간 지후는 당황했으나 수선심의 자존심을 건드릴까봐 내버려두었다. 수선심이 프로인지 꽃뱀인지는 모르겠으나 싫지는 않았다. 어쩌면 바라던 바가 아닐까 싶기도 했다.

실은 지후도 수선심의 미모에 관심을 가지고 있었다. 호젓한 산길이었다. 관광객도 여기까지 올라오는 사람은 별로 없었다. 그들은 연인인 양 산길을 오르고 있었다. 지후가 여인과 더구나 이런 아름다운 여인과 팔짱을 끼고 걸어보는 것은 까마득한 옛 추억이었다.

불현듯 수아와 연애하던 시절이 떠올랐다. 은행잎이 노랗게 포도에 뒤덮인 덕수궁 돌담길을 걸을 때 수아는 지후의 팔짱을 끼었다. 지후는 지나가는 행인의 시선을 의식하지 않고 왼팔을 뻗어 수아의 허리를 감쌌다.

"지후 씨! 난 지금 무척 행복해. 왜 이렇게 기분이 좋지?"

나중에 안 일이지만 수아의 허리는 성감대였다.

지후는 낙엽을 줍는 척 슬그머니 수선심의 손을 빼냈다.

"여기까지 왔는데 우리 만공탑도 보고 환희대(歡喜臺)도 들렀다가요."

"환희대가 무엇 하는 데죠?"

"조금 더 올라가면 비구니들이 기거하며 수행 정진하는 참선도량인 견성암(見性庵)이 있는데 환희대는 견성암에 있는 암자로 김일엽 스님이 주석(註釋)하시다가 열반(涅槃)하신 곳이에요."

"아, 김일엽 스님에 대해서는 잘 압니다. 목사의 딸로 태어난 우리나라 최초의 여류시인으로 시련의 일생 속에서 여성의 지위 향상을 위해 과감하게 앞장섰던 여걸이지요. 1907년 12세라는 어린 나이에 동생을 잃은 슬픔을 노래한 시, 〈동생의 죽음〉은 1908년 11월에 발표한 육당 최남선의 〈해에게서 소년에게〉보다 앞서 쓴 한국 신체시의 효시(嚆矢)입니다."

"네, 일엽 스님은 이화여전을 나오고 40대 연희전문 독신 교수와 결혼한 후 도쿄 유학을 갔습니다. 그 후 이혼하고 아버지가 일본 국책은행장을 지낸 명문가의 청년과 연애를 했으나 부모의 반대로 결혼은 하지 못하고 동거생활을 하다가 '오다 마시오'라고 한국 이름은 김태신이라는 아들을 두었습니다. 그 아들은 커서 환희대로 어머니를 보러 오곤 했다고 합니다. 그는 불교에 귀의(歸依)하여 일본에서 남종화 화가로 활동하는데 큰 상도 많이 받아 화승(畵僧)으로 유명하다고 합니다.

그 외에도 시인 임창화와 저명 불교인이며 철학박사인 백성욱과 동거 생활을 했고 마지막에는 재가승 허윤실과 재혼하여 두 번의 결혼과 세 번의 동거 생활을 했는데 결국 실망하고 만공 스님 문하에 들어가 득도(得道)하여 당대 최고의 비구니로 존경을 받았다고 합니다. 1971년에 법랍(法臘) 43년, 세수(歲數) 76세에 입적(入寂)하셨는데 생존해 계실 때에는 일엽 스님을 뵈려고 환희대에 줄을 섰다고 해요."

일엽의 남성 편력은 세간의 관심을 끌기에 충분한 화제 거리가 되기도 했지만 수선심은 일엽의 개인사에 대하여 소상히 알고 있었다. 자기의 사연에 투사(透寫)시키는 듯한 느낌이 들었다. 절밥 먹는 여인 중 사연 없는 보살이 얼마나 있겠느냐만 수선심은 유독 비밀이 많은 듯했다.

"점심때가 다 되었는데 절 입구에 있는 수덕여관에서 점심을 먹고 가요."

"그럽시다."

수덕여관은 지금은 거의 사라진 초가집으로 고색이 창연하였다.

"이 집은 원래 고암 이응로 화백이 1944년에 구입하여 1959년 프랑스로 떠나기 전까지 작품 활동을 하던 여관으로 우리나라 최초의 서양화가인 나혜석이 일엽을 만나 불가에 귀의하려고 몇 달씩 묵기도 했다고 하는데 만공 스님이 받아주지 않으셨다고 해요. 이 집은 산채정식이 유명해요. 지금은 수덕사 소유로 되어 있다 합니다."

"유명한 동양화가인 이응로 화백의 아들 하나가 납북 당했는데 윤이상과 교류하면서 그는 아들을 만나러 평양을 방문하여 그 유명한 '동백림 사건'에 연루되어 옥고를 치루는 등 고생을 많이 하셨지요."

"여기 산채정식 둘하고 별도로 더덕구이하고 두견주(杜鵑酒) 하나 가져다줘요."

계산을 자기가 할 것처럼 지후에게 물어 보지도 않고 마음대로 주문을 한다.

"운전을 해야 하는데 술을 마셔도 되겠습니까?"

"걱정하지 마세요. 운전은 제가 할게요. 면천의 명주(銘酒)인 두견주를 아직 못 마셔 보셨지요? 조선시대 진상품이었을 뿐만 아니라 근래 청와대에도 들어갔습니다. 면천 출신이 청와대 총무과장이었다고 해요.

면천은 고려의 개국공신인 복지겸과 박술희의 고향이었고 백제시대에는 군사적 요충지인 몽산성에서 백제 부흥운동을 하던 유민이 피성생활(避城生活)을 하던 곳이었다고 해요. 조선조 때까지만 해도 면천이 현(縣)이었는데 지금은 당진이 군(郡)으로 되었습니다. 두견주는 전설의 효심이 묻어 살아 있는 술로 우리민족의 한(恨)과 사랑, 이별과 슬픔 그리고 희망과 소망이 담긴 술이지요."

"과장이 좀 심하네요, 여하튼 그렇게 좋은 술입니까?"

"이 술에는 전설이 얽혀 있어요. 면천 출신인 고려 개국공신인 복지겸이 큰 병이 들어서 몸져눕게 되었다고 합니다. 그에게는 17세

된 영랑이라는 딸이 있었는데, 그 딸은 효성이 지극해서 날마다 몽산에 올라가 아버지의 병을 고쳐 달라고 정성스레 기도를 드렸는데 100일 째 되는 날 밤, 꿈속에서 신선이 나타나 '아버지의 병을 낫게 하려면 몽산에 피어 있는 진달래와 찹쌀로 술을 빚되 반드시 '안샘' 의 물을 써야 하며 이 술을 100일 뒤에 아버지에게 마시게 하고 그런 다음에 뜰에 은행나무 두 그루를 심고 지성을 올리면 아버지의 병이 낫게 될 것이다.'라고 하였답니다."

"아, 면천초등학교 교정에 있는 천 년이나 되었다는 은행나무가 그 나무이군요."

"네, 그래요. 영랑이 신선의 말대로 술을 빚어 드리자 아버지의 병은 씻은 듯이 나았다고 합니다. 그 후 몽산과 인근에 있는 아미산의 진달래와 '안샘'에서 나오는 물로 빚은 두견주는 명약으로 알려졌고 '안샘'은 2천 년이 지난 지금도 수맥을 잇고 있습니다."

안주와 술이 들어왔다.

"라벨에는 18도라고 쓰여 있는데 18도라면 국내 발효주 중에는 가장 도수가 센데 술이 달콤하여 잘 넘어가는데요."

"하지만 과음하시지는 마세요. 두견주 석 잔에 5리를 못 간다는 말이 있을 정도로 이 술은 은근히 취해요. 여자 꼬시는 데는 최고죠. 안성맞춤으로 요 밑에 온천장도 있고요. 호호호……."

'역시 프로야, 남자 앞에서 이런 말을 거침없이 하다니. 정신 바짝 차리지 않으면 당하겠는데……, 당하면 어때? 데리고 살 것도 아닌데. 한 밑천 떼어달라고 하면 어떻게 하지? 선(線)만 넘지 않고 적당

히 즐기면 되겠지.'

"맛이 어때요?"

"입천장을 톡 쏘는 날카로운 느낌과 진달래에서 배어난 단맛이 있어 부드럽게 넘어가고 감칠맛이 그만입니다. 담황색의 오묘한 색상이 눈도 즐겁게 해 주고요."

"역시 민 교수님은 시인이시라 표현력이 대단하시네요. 왕년에 여자께나 꼬셨겠어요."

수선심은 무엇을 호소하는 듯 뚫어져라 지후를 바라다본다. 얼굴은 한잔 술에 홍조(紅潮)를 띠고 있었다.

"수선심이야말로 남자들 애간장께나 태웠겠습니다. 지금도 젊은 여인 못지않게 아름다우시니 좋은 남자 얼마든지 만나 인연을 맺을 수 있겠습니다."

"민 교수님 같은 남자가 있으면 모를까 이제는 남자라면 불신감부터 생겨요. 믿을 수 없는 게 남자지요."

"실연을 크게 당하신 모양입니다."

"그래요. 기회 있으면 말씀드릴게요. 오늘은 술이나 마셔요."

"여기도 대리운전 있습니까? 하하하"

"저는 음주운전 면허가 있어요. 여기 경찰서장이 신도예요."

수선심은 혀 꼬부라진 소리를 한다. 많이 취한 것 같았다.

"이만 일어납시다. 시간이 꽤 지났습니다."

"민 교수님, 노래방 가요. 오늘 옛사랑 얘기가 나오니 기분이 꿀꿀한데 기분 좀 풀고 가요. 저 이래봬도 노래 잘해요. 뽕짝, 발라드는 말할 것 없고 아이돌 노래도 몇 곡 알아요. 소녀시대의 '지지지'도 할 줄 알고요."

지후는 술 취한 상태에서 절에 들어가면 이목이 있으니까 술도 깰 겸 노래방에 가기로 했다. 이것도 어쩌면 지후가 바라던 바가 아닐까 하는 생각이 들었다.

노래방에 들어가니 수선심은 대뜸 지후의 옆에 앉는 것이었다. 지후는 이 여자가 어디까지 가는지 가만히 있기로 하였다.

"여기 과일 안주와 맥주 두 캔 갖다 줘요."

이 여자는 거침이 없었다. 밤 자리에서도 여자 상위일 것 같았다.

3

절에 돌아온 수선심은 일절 지후에게 관심을 표하지 않았다. 언제 수덕사의 데이트를 즐겼냐는 듯이 평소와 다름없이 행동했다. 지후도 수선심이 더 이상 접근하면 짐을 쌓을 수밖에 없다고 생각하고 있었으므로 무심한 체하였다.

초겨울이 밀려오는 어느 토요일 오후 전화도 없이 수아가 나타났다. 집으로 돌아오라고 해도 말을 듣지 않으니까 겨울옷을 챙겨 가지고 온 것이다.

"어때? 도(道) 닦으니 좋아?"

"응, 조금만 있으면 득도(得道)할 것 같아."

"아예 머리 깎고 여기서 살아. 나도 혼자 있으니 얼마나 좋은지 몰라."

"우리 그러지 말고 덕산에 가서 저녁도 먹고 온천도 하자. 덕산온천에서 하룻밤 자고 가."

"빨리 가 봐야 돼. 내일 성당에 가야 해."

"여기까지 왔는데 온천하고 가. 하루 빠지면 안 되나?"

"안 된다니까. 내일 봉사활동을 가기로 되어 있어."

"무슨 봉사활동인데?"

"그건 알아서 무엇 하게? 왜 꼬치꼬치 따져 묻지? 간다면 가는 거지."

"그러지 말고 여기까지 왔으니 기분 좀 내자고."

"당신이나 맘껏 즐기구려."

"정말 이러기야? 그럼 왜 왔어?"

"겨울은 다가오고 추울까 봐 옷 갖다 주려고 왔지 뭐."

"옷 갖다 준건 고마운데 저녁이나 먹고 가."

"그럼 너무 늦어. 나는 밤길 운전하기 싫어."

"그러니까 자고 가라니까."

"몇 번 얘기해야 알아들어? 내일 일이 있다니까."

"맘대로 해. 가든 말든"

지후는 수아의 고집에 버럭 화를 냈다.

고속도로에 올라선 수아는 '내가 너무 했나?' 하는 생각이 들었다. 이러다간 부부 관계가 위기에 부딪치지 않을까 하는 일말의 걱정이 스쳐갔다. 분위기를 잡으려는 지후를 항상 퉁명스럽게 뿌리친 자신을 되돌아보았다. '내가 지후라는 존재를 너무 무시한 것 아닌가' 하는 생각이 들었다. 요즘은 '중년의 위기'를 넘어 '노년의 위기'도 사회에 팽배하여 황혼 이혼이 급증하는 추세라던데.

수아는 지후를 사랑하지 않는 것은 아니다. 다만 사랑의 열정이 식었고 그저 한 지붕 아래서 같이 밥 먹고 자고 세월이 하도 오래다 보니 특별히 신경 쓸 일도 없이 지내다가, 가끔 사소한 일로 싸우고 다음날 되면 또 일상으로 돌아가는 그저 그런 무덤덤한 부부일 뿐이었다.

남편은 퇴직했다 해도 눈에 띄게 기가 죽은 것 같지도 않고 친구 모임에도 자주 나가 술 한잔을 즐기는 것 같았다. 외출할 때면 항상 깔끔하게 멋을 내어 옷을 입었다. 점퍼나 아웃도어보다는 재킷을 입는 등 아무렇게나 옷을 입는 법이 없었다. 다만 문제라면 수아가 지후의 열정을 따라갈 수 없다는 점이다. 피로증후군이 온 것이다. 지후의 멋과 꿈을 추구하는 기질은 지칠 줄을 몰랐다. 아니 세월이 가도 늙지를 않았다.

수아는 초등학교 때 부모가 교통사고로 모두 돌아가셔서 할머니 손에 자랐다. 형제자매도 없고 할아버지도 일찍 돌아가서 할머니가 시장에서 채소장수 또는 생선장수를 하면서 생계비를 버셨다. 그래서 대학도 등록금이 없는 사범대학에 들어간 것이다.

자매가 없기 때문에 항상 외로웠으나 자존심이 강해서 친구에게 집안 사정 등 속내를 털어놓지를 못했다. 그러다 보니까 진실로 친구다운 친구가 없었다. 쓸쓸함과 외로움을 함께 나눌 수 있는 진정한 친구가 없었던 것이다.

이렇게 친구가 절실히 그리울 때 지후를 만난 것이다. 여고시절까지는 진학 문제, 생활에 허덕이는 할머니에 대한 안타까움 등으로 이것저것 되돌아 볼 여유가 없었는데 일단 대학에 들어오니 등록금 걱정도 없고 교직이라는 장래까지 보장이 되니 이제 내 인생을 즐기자는 자각이 든 것이다.

인생에 있어서 생명까지 나눌 수 있는 참된 친구로서 속마음의 비밀을 내보일 수 있는 진정한 친구가 나타난 것이다. 해인사에 가자고 했을 때까지만 해도 수아는 지후를 친구로만 생각했지 이성(異性)으로 느끼지는 않았다. 만약 지후를 남자의 자격으로 인식했다면 선뜻 해인사에 따라가지 못했을 것이다. 친구로 시작한 그들은 서로의 영혼을 교감하는 영적인 상대까지 발전하게 된 것이다.

그들은 서로 지극히 사랑했고 지후의 사랑은 결혼 후에도 변함이 없었다. 지후는 삼 형제의 막내여서 부모님을 모시는 데 자유스러웠고 그래서 자연스럽게 단칸방 신세를 벗어난 뒤로 부터 수아의 할머니를 한집에서 모셨다. 할머니는 채소장수를 접으시고 지후 부부가 맞벌이였기 때문에 집안일을 돌보시고 아이들까지 키웠다. 지후들은 할머니의 덕을 단단히 본 셈이다. 할머니가 일을 할 수 없게 되자 가정부를 두었고 노후를 잘 보살펴드렸다.

그런데 수아는 교직 생활을 하면서 학교 선생들과도 친분을 쌓아나갔고 중학교, 고등학교 친구들하고도 자주 만나니까 언젠가 지후의 존재가 수아의 일상에 점점 영역이 멀어져 갔다. 그리 중요한 존재가 되지를 않게 된 것이다. 학창시절에는 친구들과 벽을 쌓고 속내를 드러내지 않았지만 이제는 교직에 있다 보니 수아가 오히려 그들의 중심이 되었다. 특히 자녀들이 사춘기나 진학을 앞둔 동창들은 수아를 서로 점심을 사겠다고 모시는 형편이 되었다.

이러다 보니 지후를 너무 무심하게 대하고 있는 것이 아닌가 하는 생각이 들었다. 지후의 입장도 생각해 주고 참된 인생을 추구하는 지후의 비위도 맞추어 주어야 원만한 부부 관계가 유지될 것이 아닌가 하는 생각이 들었다.

대부분의 남자는 제아무리 인생 경기 전·후반에서 빛나는 승리를 거뒀더라도 경기를 끝내고 나면 친구들이 하나 둘씩 떠난 쓸쓸한 경기장에서 지난날의 환호성만 그리워하는 외로운 신세로 전락하고 만다. 그러나 여자는 다르다. 모든 여성에게는 나이가 들수록 찾아와 주고 함께 있어주고 얼마 있다 돌아가는 친구가 있다. 여성은 나이가 들수록 친구가 많아진다. 우정은 소금과 같은 것이다. 우리 영혼의 가장 순수한 소금을 이 지상에서 보존하고 있는 것은 오직 여성뿐이다.

행담도 표지판이 나오자 수아는 행담도로 들어갔다. 휴게소에서 커피 한 잔 시켜들고 의자에 앉았다. 되돌아갈까? 전화라도 걸어볼까?

도대체 언제부터 지후에 대한 관심이 사라졌는지 알 수가 없었다. 아무리 생각해도 생각이 나지를 않았다. 다만 관심을 잃은 것도 느끼지 못했고 관계 개선을 위하여 노력을 하지 않았다는 것만 알고 있었다. 한때는 죽도록 사랑했지만 어느 한순간, 어느 때, 아니면 어느 날이었는지 죽기 아니면 살기로 싸운 적도 없었고 아무리 생각해도 알 수가 없었다. 지후와의 결혼 생활에는 더 이상 이성으로서의 그리움이 존재하지 않고 관성적으로 함께 지내고 있을 뿐이었다. 더구나 주말에 함께 보내는 시간이 거의 없었다.

수아를 보낸 지후는 속이 부글부글 끓었다. 수아의 사랑은 이제 식었단 말인가. 인간은 사랑 없이는 살아갈 수 없다. 인간은 누구를 사랑해야 하는 동시에 누구의 사랑을 받아야 한다. 내가 사랑하는 사람이 있어야 하고 나를 사랑해 주는 사람이 있어야 한다. 인간은 사랑하는 기쁨과 보람을 위해 산다. 인생에서 사랑을 빼면 아무것도 없다. 인간의 모든 행위는 사랑으로부터 시작한다.

사랑의 진수인 남녀 간의 사랑인 에로스를 비롯하여 종교적인 사랑인 아가페, 부모자식 간의 사랑인 스트로게 그리고 친구간의 사랑인 필리아 등, 사랑은 인간의 정신세계에서 절대적인 자리를 차지하고 있다. 특히 낭만을 추구하는 부류의 인간에게는 사랑에 특별히 취약하다. 쉽게 빠져 들어가고 사랑을 사랑한다.

생각하면 생각할수록 수아가 괘씸하다. 모처럼 여기까지 와서 밥 한 끼도 같이 먹지 않고 가버리다니…… 남편에 대한 배려가 전혀 없다. 매사를 자기중심으로 행동한다. 예전에는 그러지 않았는데…… 언제부터 이 지경까지 왔는지 가름할 수가 없었다. 그 나긋

나긋하고 부드럽고 순수했던 수아가 나이가 들어감에 따라 어느덧 점점 뻣뻣해져 갔다.

유영빈의 방문을 노크하였다.

"계십니까?"

"네, 무슨 일이세요?"

"별 일 없으면 마을에 가서 술이나 한잔합시다."

"그러시죠."

그들은 사하촌의 어느 고기구이 집으로 들어갔다.

"여기 등심하고 두견주 한 병 갖다 주세요."

"두견주를 아세요?"

"네, 얼마 전에 우연히 마셔보았는데 맛이 아주 좋더군요."

"생산량이 적어서 별로 알려지지는 않았지만 전통주로는 꽤 이름이 있다고 하더군요."

그들은 권커니 잣거니 꽤 많이 마셨다.

"민 교수님이 오늘 무슨 바람이 불었습니까?"

"실은 아까 집사람이 다녀갔는데 사소한 일로 좀 다투었습니다."

"연하인 제가 말할 자격이 있을는지는 모르지만 여자는 참 어렵습니다. 그러기에 구약성서에 '다투는 여인과 함께 큰 집에서 사는 것보다 움막에서 혼자 사는 것이 낫다'란 말이 있지 않습니까? 또 유태 격언에 '미인은 보는 것이지 결혼할 상대는 아니다.'라는 말도 있고요."

"유 선생은 부인이 무척 미인이신가 보죠? 그러니까 이런 움막에서 장기간 투숙하시고요. 혹시 가톨릭이신가요?"

"네, 가톨릭입니다만 그리 신실하지는 못했고 여기 온 지 2년이 돼가니까 불교에 상당히 관심을 가지게 되었습니다. 종교가 다 그렇겠지만 본래의 모습에는 좋은 말씀이 참 많습니다. 성경은 신자가 아니라도 쉽게 접근할 수 있는데 불경은 하도 오묘해서 스님의 주석(註釋) 없이는 이해하기 힘들어요."

"네, 성경은 14세기까지는 양가죽에 라틴어로 필사하여 만들었기 때문에 값이 어마어마하게 비쌌다고 합니다. 그런데 구텐베르크가 1455년에 활판인쇄술을 발명했고 1517년 종교개혁을 한 마르틴 루터가 라틴어 성경을 독일어로 번역하여 활자로 출판함에 따라 성경은 싼 값에 보급되었다고 합니다.

불경도 원래는 인도의 산크리스트어로 되어 있었는데 중국의 현장법사가 이를 한자로 번역하여 불교가 당나라 때부터 중국에 널리 퍼지게 되었다고 합니다. 불경이 근래 우리나라에도 한글로 많이 번역되었지만 아직 염불을 독경할 때 가장 많이 읊는 반야심경이나 천수경도 한자로 외니 신도들은 무슨 소린지 모르고 그저 스님의 가락소리에 그러려니 하는 게 아니겠습니까?"

민지후가 아는 체한다.

"반야심경은 우리나라뿐만 아니라 중국과 일본에서도 가장 많이 송독하는 경전인데 모두 260자라고 합니다. 그런데 스님들조차 그 뜻을 알고 염불을 외는지 의문입니다. 반야심경 중 제일 유명한 구절인 색불이공(色不異空) 공불이색(空不異色) 색즉시공(色卽是空) 공즉시색

(空卽是色)의 뜻을 주지 스님에게 물어보니 우물쭈물해요. 그래서 책을 찾아보니 '물질이 공과 다르지 않고 공이 물질과 다르지 않으며, 물질은 곧 공이요 공은 곧 물질이다'라고 주석이 나와 있더군요. 도 대체 무슨 소린지 몰라 이를 베껴서 주지 스님께 그 뜻을 물어보니 역시 구름 잡는 얘기만 하는 겁니다. 귀신 씨 나락 까먹는 소리를 지껄이는 거예요. 요즈음 승가대학을 나온 스님은 다르겠지만 가장 기초적인 반야심경의 뜻도 모르니 말이 됩니까?"

"글쎄요. 조선시대 억불숭유(抑佛崇儒) 정책으로 승려들의 교육과 가정 배경이 낮아지고 심지어는 문맹자인 승려도 있어 불교의 수준이 점점 떨어졌다고 합니다. 성리학을 바탕으로 한 유교는 우수한 인재들이 모두 몰려 국교가 되었습니다."

"현대에 들어와서는 성직자 중에서 가톨릭 신부들의 교육 수준은 상당히 높아졌죠. 신부가 되려면 6년제 신학대학을 나와야 되고 대부분 유럽이나 미국에 가서 신학박사 학위를 따는 것으로 알고 있습니다. 외국어도 라틴어는 기본이고 영어, 프랑스어, 독일어 등 3~4개국 언어를 구사하는 신부님들이 많아요. 제가 다니는 성당 신부님은 독일 신학대학에서 박사 학위를 받았는데 중국에서도 박사 학위를 받아 성당에서 논어와 중용을 가르치고 있습니다. 그런데 그 깊이가 요즘 한참 뜨는 도올 선생 못지않아요."

"주말 미사에는 나가십니까?"

"여기 들어와서는 안 나가고 불교에 관심을 가지고 있습니다. 새벽 예불 시간에는 108배를 합니다. 108배를 하면 마음도 안정되고 운동에도 그만입니다. 실은 제가 마누라한테 죄를 지었습니다."

"무슨 죄를 지었습니까?"

"바람 좀 피었습니다. 대단한 바람은 아니고 옛사랑의 여인하고 정신적인 바람을 피운 건데 그 여자에게서 문자 메시지가 온 것을 마누라한테 들킨 겁니다."

술이 들어가니까 유영빈은 속내를 거침없이 털어 놓는다.

"문자 메시지 좀 받았다고 큰 문제가 됩니까?"

"제 마누라가 유독 여자 문제에는 결벽증이 있어요. 질투심이 대단해서 길을 가다가도 예쁜 여자에게 눈길을 보내면 화를 내고 모임에서도 친구 부인에게 얘기를 걸면 집에 와서 그 여자에게 관심 있느냐고 바가지를 긁어대요."

"그런 줄 알면 조심을 했어야죠."

"그때가 제 사업이 망해서 빈 털털이가 되었을 때입니다. 쓰린 마음을 털어 놓을 사람이 필요할 때였습니다. 그때 어느 날 저녁 맥주 한잔 하려고 혼자서 어느 카페에 들렀다가 옛사랑의 여인을 만나게 되었습니다."

"어? 영교 씨가 여기는 웬일이야?"

"제가 이 집 주인이에요."

"미국에 있다고 누구한테 얘기 들었는데 그동안 잘 지냈어?"

"잘 지내고 있으면 왜 이런 데 나와 있겠어요? 영빈 씨는 어떻게 지내세요? 대성전자에서 잘나가고 있다는 얘기는 들었는데……"

"거기를 그만두고 선배가 하는 벤처회사에 들어갔다가 쫄딱 망했
어."

"그럼 지금은 무얼 해?"

"백수지, 뭐……."

문영교는 어쩌면 유영빈의 첫 사랑의 여인이었다. 영빈은 그동안
몇 여자하고 교제는 하였으나 깊은 관계까지는 가지를 못했다. 그
러던 차에 같은 회사에서 신입사원으로 들어온 영교를 만난 것이
다.

영교는 미술대학을 나와 광고디자인 전문직으로 회사에 들어왔
다. 영교는 별로 미인은 아니었지만 깨끗한 외모에 항상 의사표시에
적극적이고 술도 제법 잘 먹어서 남자 직원들에게 인기가 많았다.
영빈은 스스럼없는 영교의 성격이 마음에 들어 동료 직원들 몰래
명동에서 연극 구경을 하고 무교동에서 맥주를 마시기도 하였다.

그런데 어느 날 갑자기 파라과이로 이민을 간다는 것이었다. 아버
지가 봉제공장을 하고 있었는데 일단 농업 이민을 갔다가 봉제업으
로 사업을 바꾸겠다는 계획이었다. 그리고 영교는 파라과이에서 기
회를 보다가 미국으로 건너가 공부를 계속하겠다는 속셈이었다. 당
시는 국비 유학생이 아니면 미국 유학을 가기 힘들었고 이민을 가기
는 더 힘들었다.

파라과이를 거쳐 미국에 들어간 영교는 식당 접시닦이, 건물청소
원, 오렌지 따기 등 온갖 잡일을 해가며 마이애미대학을 졸업하고
나서 로스쿨(법학대학원) 입학 준비도 하고 학비도 벌 겸 어느 로펌(법

률회사)에 비서로 들어갔다.

거기서 이태리 이민자인 변호사를 만나 불같은 연애 끝에 결혼을 했는데 알고 보니 이 남자가 보통 바람둥이가 아니었다. 부부싸움이 잘 날이 없었다. 그러나 혈혈단신(孑孑單身) 이민자 신세로 하소연할 가족도, 친구도 없는 영교는 참는 수밖에는 별 도리가 없었다.

그러던 어느 날 집에 일찍 들어와 보니 뜰에 있는 풀장에서 어느 여인과 둘이서 전라(全裸)로 수영을 하고 있었다. 그날로 짐을 싼 영교는 친구가 있는 뉴욕행 비행기를 탔다. 친구의 주선으로 케네디 근방의 프러싱에 있는 한인 슈퍼마켓에서 캐시어(계산원)로 취직하였다. 한편 이혼 전문 한인 변호사에 의뢰하여 이혼소송을 걸어 지루한 재판 끝에 얼마간의 위자료를 받은 영교는 한국으로 되돌아온 것이다. 아이는 없었다.

"무슨 드라마를 보는 것 같군. 왜 이민을 가? 서울에서 나하고 결혼해서 평범하게 살았으면 얼마나 좋아? 안 그래?"

"그럴 수도 있었겠지. 하지만 나는 인생을 배웠어. 여자는 좋은 남자 만나 애들 낳고 돈 걱정 없이 잘 사는 것이 정답이겠지. 그러나 그것이 인생의 전부는 아니잖아? 인생의 항해에서 잔잔한 호수에 순풍에 돛 단 듯 일생을 보내는 사람도 있겠지만 거친 파도를 타고 넘어 역경 뒤에 오는 짜릿한 성취감을 즐기며 인생을 보내는 것도 얼마나 멋있어?

히말리아 산을 등정하는 등산가의 삶을 보라고. 언제 죽을 줄 모르는 위험을 무릅쓰고 그 험난한 정상을 향하여 목숨을 내거는 그들은 왜 산에 오르지? 1953년에 세계 최초로 에베레스트에 오른 에드먼드 힐러리 경이 말했어. '산이 거기에 있으니까.' 인생은 도전이야. 도전 없는 인생은 얼마나 무미건조(無味乾燥)해?"

"와, 영교는 싸나이 같이 얘기하네. 인생의 영욕을 다 맛 본 사람도 하기 어려운 얘긴데……. 나는 영교에 비하면 참 재미없게 인생을 보냈네."

"흔히 굴곡 있는 인생을 보내는 여자는 팔자 센 여자라고 하는데, 구중궁궐(九重宮闕)에 갇혀 숨도 제대로 못 쉬는 왕의 여인들이나 칠거지악(七去之惡)에 억눌려 그저 남의 인생에 부속물로 살던 사대부(士大夫)의 여인보다 자유 분망하게 일생을 보낸 황진이나 허난설헌이 훨씬 멋있지 않아?"

"영교는 예나 지금이나 다름이 없구나. 지금도 전혜린을 좋아해?"

"그럼 좋아하지. 대학시절 전혜린은 나의 우상이었는데……. 그리고 김일엽, 나혜석, 윤심덕, 복혜숙, 최승희 다 좋아해. 그런데 한 가지 재미있는 것은 그들이 한결같이 남자관계가 복잡하다는 거야. 영웅은 호색이라더니 아마 여걸(女傑)도 남자를 밝히나 봐."

유영빈은 울적하면 영교의 카페 〈뢰 데 마고(LEX DEUX MAGOTS)〉를 찾았다. 이 '뢰 데 마고'는 레마르크의 소설 『개선문』의 주인공 의사 라비크가 즐겨 찾았고 '어린왕자'의 생텍쥐페리, 시인 랭보 그리고 까뮈, 사르트르, 보부아르 등 실존주의 철학자들이 진치고 있었던 파리 샹젤리제에 있는 카페로, 로마 꼰도띠 거리에 있는 '카페 그

레꼬(Caffe Greco)'와 함께 세계에서 가장 유명한 카페이다. 역사가 깊고 유명 인사가 많이 찾았기 때문에 명성을 떨치고 있는 것이다. 영교는 감히 이 상호를 도용한 것이다.

어느덧 유영빈은 카페 '뢰 데 마고'의 벽화가 되었다. 낮이면 에스프레소 한 잔에 한없이 시간을 보내다가, 저녁이 되면 잠시 사라진 후 다시 나타나 맥주 한 병을 놓고 손님이 다 갈 때까지 기다렸다. 가끔 영교가 말없이 맥주를 더 갖다 놓기도 하였다. 물론 술값을 더 받지는 않았다. 손님이 다 가면 그때부터 영빈과 영교는 대화를 나누었다. 조용히 음악을 들으며 지나온 옛이야기를 나누는 것이다. 그러던 어느 날이었다.

"영빈 씨, 오늘 포장마차 갈까?"

"좋지."

"옛날에 많이 다녔잖아."

"그랬지."

"그런데 그때마다 왜 2차로 공원에 가자고 한 거야?"

"몰라서 물어?"

"하긴 우린 키스도 못해보고 헤어졌지……."

"그때 여관에 갔으면 가족 따라 이민을 가지는 않았을 텐데."

"맞아, 영빈 씨는 용기가 없었어. 박력이 없었단 말이야. 지금도 허구한 날 여기에 와서 그림처럼 왜 앉아만 있는 거야? 마음에 있으면 달라고 하지……."

"달라면 줄 거야?"

"그럼, 임자도 없는데……"

둘은 포장마차 집에서 소주를 제법 마시며 농도 깊은 아슬아슬한 이야기를 즐겼다.

"자, 이제 그만 일어나자."

"그래, 제법 취하는데……"

그들은 어느 모텔 앞을 지나게 되었다.

"영빈아, 우리 여기 들어가서 좀 쉬자."

"난 술에 취하면 금방 곯아떨어져. 어디 노래방에 가서 술이 좀 깬 뒤에 들어가자."

"그것도 좋지."

그들은 노래방에 들어갔다. 영교가 신에 겨워 노래 몇 곡을 연달아 부르는 사이 영빈은 잠에 곯아떨어졌다. 과연 별 능력 없는 남자였다. 영교는 영빈을 택시에 태워 집까지 데려다 주었다.

다음 날 아침 영교는 영빈에게 문자 메시지를 넣었다.

'잘 들어갔어? 어제는 즐거웠어.'

숙취한 영빈은 별로 할 일도 없어 늦잠을 자고 있는데 마누라 이미숙이 세차게 흔들어 깨운다.

"어제 어떤 년하고 밤을 보냈어?"

"마음도 울적하고 해서 친구하고 술 한잔했어."

"친구가 이런 문자를 보내? 아무리 둔한 여자라도 이건 여자가 보낸 줄은 알거야. 바른대로 말해. 어떤 년이야?"

"카페를 하는 여잔데 아무 일도 없었어."

"정말이야?"

"양심을 걸고 맹서한다. 정말이야. 거짓말이 아니야."

"양심은 무슨 양심……, 바른대로 말해. 뭘 해 주었는데 즐거웠다는 거야? 요새 나한테는 오지도 않더니 그년한테 온갖 정성 다 바치는 모양이지. 그 카페가 어디 있어?"

"알아서 뭐 해?"

"말하라니깐, 당신은 아무 짓도 안 했다고 하니 그 여자한테 물어볼 거야."

영빈은 끝까지 카페의 소재지를 말해 주지 않았다. 만약 주소를 알려주면 미숙의 성질에 다짜고짜 머리끄덩이부터 잡고 늘어져 패대기를 칠 것이 뻔하기 때문이었다.

미숙은 여상 출신으로 같은 회사 직원이었는데 영빈이가 소위 미숙에게 물린 것이다. 영교가 떠난 후 영빈은 방황하고 있었는데 그 틈을 파고 미숙이가 들어온 것이다. 어느 날 이사회에 보고할 문서가 있어 혼자 늦게 야근을 하고 있는데 이미숙이 닭튀김에 맥주를 사 들고 왔다.

"이 늦은 밤에 웬일이야?"

"위문 공연하러 왔어요."

이미숙은 예쁘고 묘한 매력이 있어 직원들에게 인기였다. 하지만 모두 대졸 출신인 그들은 여상 출신인 이미숙을 결혼상대로 생각하지는 않았다. 요염하기까지 한 이미숙을 그저 데이트상대로만 즐긴 것이다. 그러나 집안 형편이 좋지 않아 여자상업학교에 들어간 이미숙은 머리가 좋고 항상 신분상승(身分上乘)의 꿈을 품고 있었기 때문에 호시탐탐(虎視耽耽) 남편감을 낚으려고 노리던 차에 문영교가 유영빈을 버리고 파라과이로 이민 가는 것을 알고 영빈을 공략하기 시작한 것이다.

"뭐 도와 드릴 일 없어요?"

"마침 잘 되었네. 이것 좀 도표로 만들어 줄래?"

그런 일은 이미숙의 전문 분야였다. 미숙의 도움으로 작업은 예상보다 일찍 끝났다.

"미숙이, 고마워. 미숙이 아니면 밤을 샐 뻔했는데 덕분에 일찍 끝났어. 호프집에 가서 맥주 한 잔 살게, 어때?"

"좋아요."

그들은 생맥주 500CC짜리 세 잔씩을 마셨다. 나중에 알고 보니 미숙은 술을 그리 잘 마시는 편이 아니었다. 죽기 아니면 살기로 마신 거였다.

"어, 기분 좋네. 미숙이가 이렇게 미인인 줄 몰랐어. 술에 취해서 눈이 몽롱(朦朧)해진 것인가? 미숙이가 영화배우 이미숙 같기도 하고 그 이미숙이 우리 미숙이 같기도 하고. 누가 더 예쁜지 모르겠네."

"당연히 제가 더 예쁘죠. 그 이미숙은 메이크업을 해서 그렇지 생얼로는 저를 어떻게 당해요?"

"맞아, 맞아. 중국에 4대 미인이 있었어. 춘추전국시대의 서시(西施), 춘래불사춘(春來不似春)으로 유명한 한나라의 왕소군(王昭君), 삼

국시대 동탁과 여포 사이를 이간질한 초선(貂蟬) 그리고 당나라 현종이 아들의 아내를 빼앗아 비(妃)로 삼은 양귀비(楊貴妃) 등이 있는데, 서시는 별명이 침어(沈魚)로 서시의 미모에 물고기가 헤엄치는 것조차 잊은 채 물밑으로 가라앉았다, 라고 하고, 왕소군은 별명이 낙안(落雁)으로 왕소군의 미모에 기러기가 날개 짓 하는 것조차 잊은 채 땅을 떨어졌다, 라고 하고, 초선은 별명이 폐월(閉月)로 초선의 미모에 달도 부끄러워 구름 사이로 숨어 버렸다, 라고 하며 양귀비는 별명이 수화(羞花)로 양귀비의 미모에 꽃도 부끄러워서 고개를 숙였다, 라고 하지. 중국 사람들 허풍치고 과장하는 데는 세계 최고일 거야."

"고리타분한 얘기 그만하시고 우리 한잔 더 해요. 제가 아는 정종집이 있는데 제가 쏠게요."

"누가 쏘든 그건 문제가 안 되고……, 그대는 과연 월하미인(月下美人)이로다."

달이 휘영청 불그스레 달아오른 그들의 얼굴에 쏟아졌다.

이미숙은 '시마'라는 참치 전문집으로 유영빈을 안내하였다.

"여기 '호린 준마이 다이긴죠' 한 병하고 참치 주세요."

"월계관 양조장에서 만든 것이고만."

"네, 월계관은 백학, 송죽매 등과 함께 일본 사케 5대 브랜드의 하나입니다."

종업원이 말을 받는다.

"그 정도는 나도 알고, 병이 상당히 고급인 것으로 보아 값이 꽤 비싸겠는데."

"좀 비쌉니다. 이 술은 2006년 몬데 셀렉션에서 리큐르 부분 그랜드골드 메달을 수상한 프리미엄 사케입니다."

"상표가 왜 이리 긴 거요?"

술에 취한 영빈이는 시비조로 말을 뱉는다.

"호린이란 말은 고대 중국 설화 속의 동물인 봉황과 기린을 일컫는 말인데, 일본 명치시대에 도쿄 방면에서 출하되던 고급주를 '호린 정종'이라 불렀다 합니다. 그 후 1978년 최고급 등급의 '준마이 다이긴죠주'를 '호린 월계관'이라 이름 붙인 후 지금까지 이름이 이어지고 있습니다."

"일본 놈들 하고는, 하기야 프랑스 포도주를 '신의 눈물'이니 어쩌니 하는 족속들이니 별 미화를 못 하겠어?"

16도나 되는 정종 한 병을 다 마신 그들은 그날 밤을 함께 지냈고 이미숙의 작전에 휘말려 영빈은 별로 탐탁지 않은 결혼을 하고 말았다.

그러나 그들은 신혼 초부터 사소한 일로도 토닥거렸고 영빈도 부인에게 마음을 붙이지 못했다. 그러는 사이 아들 하나를 낳고 단산하였다. 생활력이 강한 이미숙은 회사에 계속 다니면서 집을 샀고 처음에는 부부 공동 명의로 하였다.

그러나 유영빈이 회사를 퇴직하고 벤처회사 부사장으로 자리를 옮기자 이미숙은 회사가 대출을 받으려면 부사장이 연대보증을 서야 되는데, 회사가 잘못되면 아파트가 압류 당한다고 유영빈 명의

의 지분을 이미숙 앞으로 증여 조치를 해놓았다.

유영빈의 휴대전화를 뺏어 든 이미숙은 방문을 잠그고 통신 기록을 뒤지기 시작했다. 수신자명의 중 알 만한 사람은 제쳐놓고 차례차례 전화를 걸어 나갔다. 그리고 번호만 찍혀 있는 데도 일일이 전화를 하였다. 문자를 보낸 전화번호에 전화를 걸면 당사자가 받을 터이지만 이 경우 말을 둘러대면 소용이 없기에 증거를 찾아 나가기 시작한 것이다.

"거기 카페죠?"

"그런데요."

"어떻게 찾아가면 되죠?"

"분당선 정자역 4번 출구로 나오셔서 로데오 거리에 오시면 파리바게뜨 옆에 뢰데마고라고 있어요."

"고마워요."

이미숙은 화장도 하는 둥 마는 둥 득달같이 카페로 쳐들어갔다. 카페에는 종업원인 듯한 20대 여자만이 있었다.

"혹시 유영빈 씨라고 아세요?"

"모르겠는데요. 왜 그러시죠?"

거짓말하는 것 같지는 않았다. 그렇다면 문제의 여자는 주인 마담일 것이다. 주인이 여자인지 남자인지 모르겠으나 이런 카페는 거의 여자가 주인이므로 넘겨짚어 본다.

"주인 마담 좀 뵈려고 하는데요."

"오늘 좀 늦게 나온다고 전화 왔었어요."

"몇 시쯤 올까요?"

"글쎄요, 잘 모르겠는데요. 대개 오전에 출근하시는데 오늘은 늦네요."

이미숙은 커피 한 잔을 시켜놓고 마냥 기다리기로 하였다. 점심 시간이 지났는데도 주인 마담은 나타나질 않았다. 약이 오른 이미숙은 점심도 거른 채 마냥 기다렸다. 오후 늦게 어느 여인이 나타났다.

"별일 없었어?"

그 여인이 종업원에게 묻는다.

"저기 계신 분이 오전부터 기다리고 계신데요."

그 여인이 이미숙에게 다가온다.

"무슨 일로?"

"앗, 저를 모르시겠어요?"

문영교였던 것이다. 20년이 지났지만 이미숙은 유영빈의 애인이었던 문영교를 몰라볼 리가 없었다.

"누구신데요?"

문영교는 같은 부서에서 일하지도 않았고 여상 출신 사원들하고는 별로 어울리지 않았기 때문에 이미숙을 알아보지 못했다.

"저하고 얘기 좀 해요."

"무슨 일이시죠?"

"서서 얘기하기는 좀 그렇고 조용한 데서 얘기했으면 하는데요."

문영교도 직감적으로 이 여인이 유영빈의 여자임을 알아차렸다.

"그럼 요 옆에 있는 스타벅스로 가 계시죠. 거기가 조용해요. 여기 정리할 것이 있어서 조금 있다가 갈게요."

잠시 후 문영교가 나타났다.

"무엇으로 하실래요?"

종업원이 묻는다.

"에스프레소요."

"나는 카페 라테로 주세요."

"여기서 들고 가실 거예요?"

"네, 머그잔으로 주세요."

커피를 시켜들고 2층으로 올라가 조용한 구석 자리에 앉았다.

"저를 정말 못 알아보겠어요?"

"네, 생각이 안 나는데요."

"저, 대성전자에서 일하던 이미숙이에요. 유영빈이 제 남편입니다."

"아, 그때 직원들이 많았고 접촉이 별로 없어 못 알아 봤네요. 죄송해요."

"어젯밤, 제 남편하고 같이 계셨죠?"

"밤늦게까지 같이 술 마시기는 했지만 오해받을 일은 없었어요. 옛 직장 동료로 회포를 푼 정도입니다."

"정말 아무 일도 없었어요?"

"정말입니다."

"그걸 어떻게 믿어요? 남편이 새벽 3시가 넘어 집에 들어왔는데요."

“남편을 그렇게 못 믿으세요? 영빈 씨는 그런 남자가 아니에요.”

“남의 남자 가지고 이렇다 어떻다 하지 마세요. 기분 나쁘네요. 남편이 새벽 3시 넘어 집에 들어오고 문자가 찍혔는데 의심하지 않을 여자 있어요?”

“정말 옛날 직장 동료로 옛날 얘기를 나눈 것뿐이니까 오해하지 마세요.”

“오해 않게 됐어요? 옛날에 애인 사이였지 않아요? 다 알고 있어요. 왜 파라과이에 살지 않고 한국에 왔습니까?”

“불가피한 사정이 있어서 되돌아왔어요.”

“왔으면 조용히 보낼 것이지 왜 남의 남편 불러내고 그래요?”

“영빈 씨가 우리 카페에 우연히 들러서 만나게 된 거에요.”

하나뿐인 아들은 부모가 맞벌이를 하여 잘 보살피지를 못한 때문인지 학교에서 말썽을 부리고 공부도 신통치 않아 중학교 때, 뉴욕에 이민 가 있는 언니 집에 맡겼다.

이미숙은 국내에 있는 재산을 정리하여 미국으로 건너가 살 계획을 세웠다. 처음에는 이혼을 하려고 변호사와 상담해 보니 지금 가지고 있는 부동산이 전부 이미숙의 명의로 되어 있는데 이것은 부부가 같이 벌어서 산 것이기 때문에 이혼을 하면 반(半)은 남편에게 주어야 한다는 것이었다.

이래서 이혼은 포기하고 하나뿐인 재산인 아파트를 남편 몰래 팔아가지고 미국으로 도망가려고 기회만 노리고 있었다. 회사는 퇴직하고 퇴직금까지 모두 받았다. 물론 영빈에게는 비밀이었고 한 집에 살 뿐이지 말을 섞지 않았다. 밥도 따로 해먹고 부득이 꼭 해야 할 말이 있으면 메모지에 내용을 적어 냉장고에 붙여 놓았다.

그러던 어느 날 영빈이 중국에 출장을 가게 되었다. 중국 수입업체가 다시 영업을 시작했다는 정보를 입수하고 사장과 함께 담판을 하려고 중국에 간 것이다. 이 메모지를 본 미숙은 즉시 아파트를 급매로 내놓았다. 워낙 시세보다 쌌기 때문에 아파트는 금방 팔렸다. 다만 대금 결제는 최단 시일 내로 하는 조건이었다.

중국 출장에서 돌아온 유영빈이 어느 날 외출했다가 집에 들어와 보니 가구를 전부 내가는 것이었다.

"무슨 일입니까? 도대체 당신들은 누굽니까? 왜 멀쩡한 남의 가구를 마음대로 내가는 겁니까?"

"저는 중고가구업체인데 이 집 안주인이 모두 팔고 나갔습니다. 아, 그리고 이 종이 박스 몇 개는 바깥분 오시면 주라고 했습니다."

"네?"

가구가 전부 나가자 이삿짐이 들어왔다.

"도대체 당신들 누구요?"

"우리는 이삿짐센터 사람들인데요?"

"짐 주인이 어디 있습니까?"

"제가 주인인데요. 무슨 일이세요?"

"저는 이 집 주인입니다. 집을 팔지도 않았는데 누구 마음대로 이사를 옵니까? 이런 법이 어디 있어요?"

"저는 모릅니다. 분명히 집주인을 확인하고 집을 샀습니다."

"부동산 중개사무소로 가 봅시다. 거기서 따집시다."

그들은 아파트를 계약한 공인중개사 사무실로 갔다.

"나는 아파트 주인인데 이분이 내 집을 여기서 샀다고 하는데 확인 좀 합시다."

"그 아파트는 등기부등본 상 이미숙 씨 명의로 되어 있고 여기 주민등록증 사본을 보시는 바와 같이 본인 확인도 하였으니 아무런 하자(瑕疵)가 없습니다."

"이것 참 어처구니가 없군요."

"선생님, 혹시 이혼 수속 중이세요?"

부동산 중개인이 비웃는 듯 마는 듯 묘하게 웃는다.

정말 황당하였다. 이미숙이 독(毒)하고 매서운 여자라는 것은 알고 있었지만 이 정도일 줄은 몰랐다. 문영교와의 일이 있은 후 패악(悖惡)도 부리지 않고 아무런 싸움도 걸지 않아 방심한 것이 문제였다. 폭풍전야(暴風前夜)와 같이 조용했다가 광풍(狂風)이 불어 닥친 것이다. 이미숙의 수(手)를 읽고 대비를 하였어야 했다. 옷가지와 세면도구만 달랑 들어있는 종이 박스 몇 개를 차에 실고 아파트를 빠져나왔다.

영빈은 즉각 인천국제공항으로 달려갔다. 마음이 급해진 영빈은 지푸라기라도 잡는 심정으로 출입국관리사무소에 가서 출국 금지 조치를 해달라고 하였으나, 현재 범죄 혐의로 수사를 받고 있거나 일정 금액 이상의 벌금, 추징금 또는 세금을 납부하지 않은 자 등에 대하여만 출국 금지 조치를 할 수 있는 것이지 개인 간의 일로는 출국 금지 조치를 할 수 없다고 하였다. 출국 수속 입구로 올라가 이미숙을 마냥 기다렸다.

그러나 이미 이미숙은 고속버스를 타고 부산까지 간 다음 택시로 김해공항에 가서 일본행 비행기 중 도쿄나 오사카나 아무 곳이나 취소되는 자리가 있으면 탈 준비를 하고 있었다. 마침 후쿠오카 행 비행기에 취소한 자리가 있어 그것을 타고 일본으로 넘어 갔다. 일본에서 일박한 이미숙은 다음 날 뉴욕행 비행기를 탔다. 허탕을 친 영빈은 갈 곳이 없었다. 문영교에게 달려가 지금의 심정을 하소연하고 싶었지만 자존심이 허락하지 않았다. 문영교에게 이런 비참한 모습을 보여 주고 싶지는 않았다.

어느 돼지족발집에 들어갔다. 소주와 족발을 주문했다. 정말 처참했다. 내 인생은 이제 끝나는 것인가? 인생에 있어서 결혼이 얼마나 중요한 것인가? 니체는 '결혼하기 전 당신 자신에게 나는 이 여자와 늙어서도 여전히 대화를 잘 나눌 수 있을까?'라고 질문해 보라고 하였고 알프레드 카뮈는 '그 얼마나 많은 부부가 결혼으로 인해 서로 밀어지게 되었던가.'라고 말했다. 셰익스피어는 '남자는 결혼식 날에 운다.'라고 하였고, 피하라는 '많은 결혼 생활은 단테의 신곡(神曲)과 반대다. 천국(天國)에서 시작하여 연옥(煉獄)으로 옮겨가고 지옥(地獄)에서 끝난다.'라고 말했다. 몽테뉴는 '왕국을 통치하는 것보다 가정을 다스리는 쪽이 더 어렵다.'란 말을 했다. 모르는 사람들은 갈등이 있을 때 만나지 않거나 피하면 그뿐이지만 가족은 하나의 울타리 속에서 사랑을 실천해 나가야 하는 숙명을 가지고 있다.

유영빈은 마음속으로 통곡을 하였다. 사업도 망하고 결혼 생활도 파탄이 났으니 이제 갈 길은 어디란 말이냐? 소주를 맥주잔에 따라 단숨에 마셨다. 그래도 술에 취하지 않았다. 갈 곳이 없는 유영빈은 일단 찜질방에 가서 밤을 보내기로 하였다.

다음 날, 유영빈은 고시방이 집결되어 있는 신림동에 가서 묵을 만한 방을 찾기 시작했다. 그러나 방이 너무 협소하고 더 문제는 주차 공간이 없다는 것이다. 그렇다고 차를 처분할 수도 없었다. 차를 팔아봤자 몇 푼 되지도 않고 차를 처분하면 행동반경이 줄어 생활이 더욱 위축될 것이기 때문이다. 할 수 없이 고향의 형님 댁에 가기로 하였다. 영빈은 부모님은 모두 돌아가시고 형님이 고향인 평택에서 농사를 짓고 있었다.

"네가 웬일이냐?"

"당분간 여기서 쉬면서 생각 좀 정리하려고 왔어요."

형은 영빈이가 사업이 망한 것을 알고 있었기 때문에 더 깊이 물어 오지 않았다. 영빈은 다음 날부터 낚싯대를 마련하여 예산에 있는 예당저수지에서 낚시를 하며 하루를 보냈다. 물고기를 잡는 데는 별 관심이 없고 물끄러미 잔잔한 수면만 바라다보았다.

인생에 있어서 이미 두 번의 실수를 하였다. 원하지 않던 결혼을 한 것과 회사를 옮긴 것이다. 영빈은 남처럼 큰 꿈도 없었다. 아버지가 부농은 아니었지만 학비나 용돈 걱정은 하지 않았고 다행히 공부도 잘해서 남이 부러워하는 대학을 나왔다. 처음 직장도 좋았고 성격이 긍정적이고 밝아서 회사에서 평가도 좋게 받았다. 회사만 옮기지 않았으면 지금쯤은 무난히 임원이 되었을 것이다.

부부 사이도 근본적으로 문제가 있는 것은 아니었다. 결혼 생활에 학벌이 문제가 되는 것도 아니고 친구들 부부끼리 만나도 학교를 어디 나왔느냐고 묻지 않았다. 대학을 나왔다 하여도 일류대학을 나온 부인도 있고 삼류대학을 나온 부인도 있기에 서로 자존심을 건드리지 않는 것이 불문율이었다. 따라서 이미숙이 대학을 안 나왔다는 것이 스스로 말하지 않는 한 알려질 리 만무하였다. 오히려 이미숙은 빼어난 미인으로 고등학교나 대학 친구들과 만나면 친구들의 부러움이나 부인들의 시샘 대상이었다.

단지 영빈이가 미숙이를 약간 무시하는 경향이 있었고 미숙은 스스로 학력이라든지 친정에 대하여 콤플렉스가 있었다. 그리고 영빈은 인생을 욕심 부리지 말고 대강대강 살자는 주의였으나 미숙은 어떻게 해서라도 남에게 뒤지지 않는 생활을 하자는 주의였다. 집도 더 좋은 동네로, 더 큰 집으로 옮겨 가고, 돈도 더 많이 벌며, 아들 교육도 최고로 시키겠다는 것이 인생 목표였다.

유영빈이 회사를 옮긴 것도, 망설이고 있는 영빈을 미숙이가 적극적으로 밀어붙였기 때문이다. 이미숙은 결혼하고도 대성전자에 다니고 있었다. 회사에서 몰아내기 전까지는 끝까지 버티겠다고 전의(戰意)를 불태웠다.

이런 미숙이가 영빈은 항상 못마땅했다. 친구들이 다 하는 골프를 배우겠다고 하니까 결사반대를 했다. 돈 안 드는 등산으로도 체력 단련을 얼마든지 할 수 있고 친구들과도 어울릴 수 있는데 왜 그 비싼 골프를 치느냐는 거였다. 이미숙은 개성이 워낙 강해서 마음 약한 영빈이가 당해낼 재간이 없었다. 지나온 결혼 생활을 되돌아보니 유영빈은 이미숙의 손바닥 안에서 놀아난 기분이었다.

낚싯대를 접은 영빈은 수덕사로 향했다. 사찰 사무국에 가서 숙식할 수 있는 방이 있느냐고 물으니 수덕사는 안 되고 면천의 용담사에 가면 방을 빌려준다고 하며 전화까지 해 주었다. 마침 방이 있다는 대답을 듣고 즉시 용담사에 가서 방을 둘러본 다음 내일 온다고 약속을 하고 평택 형님 집으로 돌아왔다.

"실은 건강도 좋지 않고 해서 절에 가서 요양 좀 하려고 합니다."

"돈은 있느냐?"

"솔직히 말씀드리면 가진 돈도 없고 지금 벌이도 없어 제 형편이 말이 아닙니다."

"제수씨가 회사에 나가지 않느냐?"

"회사 그만두고 애 공부하고 있는 뉴욕에 가 있어요."

"그래?"

형은 더 이상 꼬치꼬치 물어오지 않았다. 동생 부부 관계가 원만치 못하다는 것을 집사람을 통해 들어 알고 있었다.

"그럼 어쩔 작정이냐?"

"중국에서 받을 돈이 있는데 그때까지 기다려야죠."

"취직을 하지 그러느냐?"

"회사가 부도나는 바람에 신용불량자가 되어 취직이 쉽지 않아요."

"큰일 났구나."

"요 아래 면천에 조그만 절이 있는데 한 달 하숙비가 5십만 원이
라고 합니다. 한 달에 백만 원씩만 보태주세요."

형은 원래 인색하기로 친척 간에도 소문이 나 있어 넉넉한 돈은
기대하지 않았고 기거할 집도 없을 뿐더러 서울에 있으면 친구들도
만나게 되고 여러 가지로 생활비가 많이 들것이므로, 중국에서 얼
마간이라도 돈을 회수할 때까지 절에서 은둔 생활을 하기로 결심한
것이다.

"내가 무슨 돈이 있다고. 농사는 매년 적자야. 나도 여유가 없어."

한동안 아무 말도 없이 뜸을 들이던 형이 매정하게 거절을 한다.

"아버지 땅을 형이 몽땅 물려 받아 농사를 짓고 계시지 않아요?
저도 상속 받을 권리가 있는데 그때는 뭐가 뭔지 몰라서 상속포기
서에 도장을 찍어드린 거고요. 오갈 데 없는 저를 살려 주시는 셈치
고 도와주세요. 백만 원은 최소한도의 생활비입니다."

유영빈은 평소에 가슴에 묻어 두었던 형의 치부까지 꺼내가며
처절하게 매달렸다. 형이 돈을 대주지 않으면 오고 갈 데가 없는
것이다.

유영빈의 긴 얘기는 끝났다.

"지금도 부인을 원망하십니까?"

"아닙니다. 처음에는 원망과 미움에 잠을 이루지 못했습니다. 그
런데 여기 와서 새벽 예불시간에 일어나 108배를 하다 보니 마음이

고요해지고 편안해졌습니다. 그리고 내 잘못을 뉘우치게 되었습니다. 저는 집사람의 꿈을 너무나 배려하지 않았습니다. 집사람의 집념이 자기만을 위한 것은 아니지 않습니까? 가족 전부의 장래와 행복을 위해서 그랬던 건데 저는 집사람의 그런 노력을 항상 못마땅해 왔어요.

저는 원래 가톨릭 신자로 성경에는 용서라는 말이 수도 없이 많이 나옵니다. 그러나 용서라는 말은 신부님의 강론을 통해서 나올 때는 그렇게 가슴 깊게 와 닿지 않았어요. 그러나 불교에서는 스님이 설법으로 가르치는 것보다는 스스로 깨우치게 합니다. 불교는 신의 말씀이나 예시(豫示)가 아니라 스스로 깨닫게 하는 겁니다.

고요하게 앉아서 용서라는 화두(話頭)를 놓고 용맹정진(勇猛精進) 하는 거지요. 저야 뭐, 불자도 아니니까 화두니, 용맹정진이니 하는 말도 어불성설(語不成說)이겠지만 그저 열심히 '마누라를 용서하자'라는 화두를 놓고 씨름을 하였지요. 여기서는 뭐, 할 일이 있습니까? 그저 지내온 과거를 반추(反芻)하고 뉘우치고 성찰(省察)하는 것으로 하루를 보냈습니다."

"답이 나왔습니까?"

"나올 수가 없지요. 다만 법연 스님이 이런 말씀을 해준 적이 있어요."

'우리의 마음은 늘 산란합니다. 마치 천사만사의 실 가닥이 함부로 얽힌 것처럼 어지럽고 혼란스럽습니다. 뭐 하나 반듯하고 가지런한 것이 없습니다. 마음이 일어나는 대로 또는 가는 대로 방치했

기 때문입니다. 즉 절제와 억제를 하지 않았기 때문에 내 마음임에
도 내 마음대로 할 수 없게 된 것입니다. 바로 이런 마음이 번뇌를
양산하여 우리의 정신을 혼미하게 합니다. 부처님께서는 이런 마음
을 수행으로써 다스리고 조복하였습니다. 그래서 마음의 통일을 얻
으셨습니다. 통일된 마음은 가장 성성하게 자신을 깨어있게 합니다.
그리고 최고로 안정된 자기중심을 잡고 있습니다.

그러므로 보고 듣고 느끼는 것들에 의해 다시 산만해지고 수선해
지는 법은 없습니다. 적어도 육경이나 육식에 휘둘리는 혼미함 같
은 것은 없습니다. 그것은 이미 정화가 되었기 때문입니다. 부처님
은 이와 같은 마음의 통일을 얻음으로써 번뇌의 소멸을 성취하셨습
니다."

유영빈의 얘기는 이어진다.

"부처님은 29세가 될 때까지 궁전에서 호화스런 생활을 하였습니
다. 그러나 태어나자마자 7일 만에 어머니를 잃은 탓에 감수성이 예
민하고 평소 고요히 사색하기를 좋아했다고 합니다. 석가모니는 인
간이나 세상에 대한 보다 본질적인 문제들을 가지고 더 깊은 사색
을 한 끝에 인생은 단지 끝없는 고통의 연속일 뿐이라는 삶에 대한
환멸감이 싹트게 되었습니다.

이래서 사랑하는 아내가 아기를 낳았다는 소식을 듣고 한때 괴로
워했으나 모든 안락한 생활을 포기하고 종교적인 삶을 선택하였다
고 합니다. 하지만 이 위대한 포기가 어디 부처님 한 사람의 출가뿐
이겠습니까? 저는 돈도 가족도 모든 것을 잃었습니다. 스스로 포기

"한 것이 아니라 타의로 잃은 것이지요."

"곧 출가할 사람 같습니다."

"중국 건(件)이 해결되지 않으면 진짜 출가할까 생각 중입니다. 머리를 깎고 출가의 길로 들어설 때는 누구나 이를 악물고 저버리지 않으면 안 되는 것들이 있겠지요. 아무것도 가진 것이 없는 저도 가슴 한구석 바위 돌처럼 묵직하게 걸려서 쉽게 넘기지 못하는 그 무언가가 있습니다."

"어디 출가를 결심하는 것이 쉬운 일인가요? 특히 유 선생같이 사회생활도 오래 하셨고 가슴에 응어리진 것이 있는데 좀 더 신중히 생각하셔야 할 겁니다."

"저는 삶의 패배자이니까 말씀드리는데, 잘 사는 삶이란 과연 어떤 것일까요"

"통속적으로 말해서 돈 많이 벌고 자식들 출세하고 별 재앙이나 사고 없이 마누라와 한평생을 평탄하게 즐기면서 사는 것이 흔히 세상 사람들이 잘 사는 삶이라고 하겠죠."

"저같이 어려운 상황을 피하기 위하여 출가하는 스님도 있겠지만 진정한 출가 수행자들은 안락한 삶을 버리고 진정한 자기의 모습을 찾아 떠나는 출가(出家)라고 하는 행위를 통해 자유로운 삶을 얻는다고 합니다. 혹여 출가할 당시에 다짐한 버림의 자세가 살아가면서 흐트러졌다 해도 사는 동안 언제라도 물신주의적 가치 따위는 버릴 준비가 되어 있어야 하는데 저는 이 대목에서 자신이 없습니다."

"불교에 대하여 연구를 많이 하신 것 같습니다."

“부끄럽습니다. 법운 스님의 가르침 몇 마디를 떠들었는데 주제넘은 것 같습니다. 불교에서는 아내는 전생의 악연으로 맺어진 인연으로 서로 철천지원수의 악업을 씻기 위해 금생에서 만난 사이라고 합니다.”

한편 뉴욕에 도착한 이미숙은 뉴저지 포트리에 있는 언니 집으로 갔다. 언니는 거기서 한식식당을 영업하고 있었다.

“네가 갑자기 웬일이냐?”

“언니, 나 짐 싸들고 이민 왔어.”

“무슨 소리야?”

“실은 동수 애비하고 문제가 있어서 헤어지려고 해.”

“정말이야?”

“응, 정말이야. 자리 잡힐 때까지 당분간 언니 신세 좀 질게. 공짜밥 달라는 건 아니고 언니 식당일 거들어 줄게. 주방에서 설거지도 좋고 홀에서 일해도 괜찮아.”

다음 날부터 이미숙은 뉴욕 관광도 못 하고 숨 돌릴 사이 없이 식당 홀에 나가서 일했다. 그런 지 얼마 지나지 않아서였다.

“손님, 뭐로 주문하실까요?”

“어, 이미숙 씨 아니야? 미숙 씨가 여기는 웬일이야?”

대성전자에서 이미숙과 영화를 보기도 하고 가끔 등산도 같이 다니고 하던 김명호였다. 김명호는 예쁘고 매력적인 이미숙을 좋아했지만 부모님에게 결혼 의사를 밝혔다가 어머니가 상고 출신을 며느리로 들일 수 없다고 완강히 반대하여 눈물을 머금고 포기한 바가 있었다.

"이민 왔어요."

"유영빈 씨하고 식사 한번 해야겠네."

"유영빈 씨는 여기 없어요."

"그럼 어디 있어?"

"한국에 있어요."

"왜 혼자 왔어? 혹시 기러기야?"

"아니에요. 이혼했어요."

"그래? 어떤 사정인지는 모르겠지만 안됐네."

"살다가 보면 그럴 수도 있죠. 뭐, 이혼하는 사람이 저뿐인가요?"

"하기야, 요새는 한국의 이혼율이 엄청 높아졌다고 하더군."

"부인은 잘 계시죠?"

"차차 얘기해줄게."

"그런데 뉴욕은 웬일이세요? 출장 왔어요?"

"아니, 대성전자 뉴욕지사 대표로 와 있어."

"출세했네요. 축하드려요."

"출세는 무슨 출세, 그건 그렇고 뉴욕 구경은 했어?"

"이 식당은 언니가 하는 건데 오자마자 식당일 도와주느라고 뉴욕 관광할 시간이 없었어요. 사실 저는 살기 바빠서 그 흔한 해외여행 한번 못 해봤는데요, 뭐."

"아휴, 불쌍해라. 옛정을 생각해서라도 뉴욕 구경은 내가 시켜줄게."

"그러면 고맙지요."

"언제 시간 나?"

"저는 언제라도 좋아요. 식당 일은 월급 받고 하는 것이 아니고 자원봉사이니까요."

"이번 주말은 골프 약속이 있어서 안 되고 다음 주말은 어때?"

"저야 여자 백수인데요 뭐, 언제라도 좋아요."

열흘 뒤 김명호가 이미숙을 픽업하러 왔다.

"얘, 조심해라. 너 미국에 오자마자 바람나겠다. 유부남이 주말까지 헌납하면서 봉사하는 것은 재미 좀 보자는 거지. 뻔한 얘기야. 남자는 다 똑 같아."

"바람 좀 나면 어때? 나도 남편 바람나서 미국까지 건너온 년인데, 복수 좀 해야지. 지가 바람 피웠으니까 나도 피울 거야."

"정말 큰일 날 소리 하네."

"남자만 바람피우라는 법이라도 있어?"

신선하면서 매혹적이고 상큼한 꽃 향이 나는 '불가리 블루 옴즈' 향수를 살짝 뿌렸다. 언젠가 써먹을 때가 있을 것으로 생각하고 출국할 때 면세점에서 점원이 추천하는 향수를 산 것인데 이렇게 빨리 이 순간이 올지는 몰랐다.

"우선 뉴욕의 상징인 엠파이어스테이트 빌딩부터 갑시다."

그들은 조지 워싱턴 브리지를 건너 맨해튼으로 들어갔다.

엠파이어스테이트 빌딩 매표소는 관광객으로 긴 줄이 이어져 있었다. 한참을 기다려 86층의 전망대로 올라갔다.

"와~, 맨해튼은 엄청나게 넓네요. 고층 빌딩이 즐비하고요."

"응, 이 빌딩은 세계 불황 직전인 1931년에 건축된 것인데 그때까지만 해도 세계에서 가장 높은 건물이었어. 그래서 지금은 없어진 말이지만 우리가 학교 다닐 때 마천루(摩天樓)라고 배웠지. 아마 미숙이도 마천루 세대일걸?"

"네, 저도 초등학교 때 그렇게 배웠어요."

"자, 우리 102층으로 올라가 보자고. 거기도 전망대가 있어."

그들은 엠파이어스테이트 빌딩에서 내려와 5번가로 걸어 올라갔다. 아무것도 살 마음은 없었지만 세계적으로 비싸기로 유명한 색스피브스 백화점을 둘러보고 록펠러센터 로우 플라자에 내려가 커피도 마시고 케네디 대통령과 재클린이 결혼식을 올렸던 세인트패트릭 성당에도 들어가 보았다. 고디바 초콜릿, 페라가모, 구찌, 샤넬, 카르티에 그리고 오드리 헵번의 〈티파니에서 아침을〉으로 유명한 보석가게를 둘러보고 마지막으로 〈나 홀로 집에〉라는 가족 영화로 유명한 플라자 호텔을 끝으로 센트럴파크 속에 들어갔다.

"와, 숲이 엄청 넓네요. 역시 뉴욕은 정말 좋은 도시예요."

"그렇지도 않아. 이 공원 끝이 흑인들의 집단 거주지인 할렘인데 조금만 깊이 들어가면 위험해. 범죄 소굴이야."

"경찰이 그것도 다스리지 못해요?"

"워낙 뿌리가 깊어서 경찰도 어쩌지 못해. 괜히 건드렸다가는 벌집 쑤셔놓는 꼴이 되지. 미국은 세계에서 제일가는 민주주의 국가지만 마피아 등 사회구조가 좀 복잡해. 골치 아프게 너무 자세히 알려고 하지 마. 다쳐."

"그런 점에서는 한국이 최고네요. 한국은 우범지대가 거의 없지 않아요? 경찰이 하도 강력하니까."

"그건 오랫동안 군사정권을 거치면서 치안을 철저히 다스렸기 때문이야. 범죄 조직이 생기면 싹을 자르곤 했지."

"자꾸 범죄 얘기를 하니까 무섭네요. 더 깊이 들어가지 말고 여기서 나가요."

"나는 키스라도 할까 해서 으슥한 데로 가는 건데. 하하하."

"농담하지 마시고 빨리 나가요."

"그래, 저녁 먹을 시간이 됐네."

그들은 택시를 타고 뉴욕대학교 서쪽 그린위치 빌리지에 있는 이태리 레스토랑에 들어갔다.

"이 집은 스파게티가 유명한데 무대에서 노래도 불러줘. 그런데 누가 한국 노래 악보를 갖다 줘서 신청하면 한국 노래도 불러준다고."

"가사는요?"

"물론 한국 가사로 부르지. 악보를 가져다준 사람이 여기 어느 은행지점장 하던 분이라는데 그분이 가사를 영어로 음역한 거야. 대단한 멋쟁인데 나중에 은행장이 됐다고 하더군."

노래는 대단한 수준이었다.

"노래를 참 잘하는데요."

"퇴역 오페라 가수들이라더군. 순수음악을 하는 가수는 여기 뉴욕 가수들도 은퇴하면 먹고 살기 힘든가 봐."

"언제 오페라 구경 한번 시켜주세요."

"미숙이만 좋다면 언제든지."

그들은 주말마다 만났다. 가끔 주중에도 김명호는 손님들과 함께 식당에 오는 때도 있었다.

"미숙이, 돈 좀 있어? 아주 좋은 투자처가 있는데."

"뭔데요?"

"컴퓨터 칩이야. 지금 각종 반도체산업이 폭발적으로 붐이 불어서 그렇지 않아도 칩의 공급이 딸려 난린데, 설상가상(雪上加霜)으로 칩의 대량 생산 공장인 대만회사가 화재가 나서 칩의 가격이 하루가 다르게 뛰고 있어. 삼일전자가 세계적인 칩 생산회사인 것은 알고 있지? 우리 회사는 오래전부터 삼일전자에서 칩을 구매하여 그 회사의 담당 상무를 잘 아는데 지난번 뉴욕 출장 왔을 때 끝내주게 접대했더니 나에게 특별히 정상외거래로 칩을 주겠다는 거야. 이건 거저 돈 먹긴데 내가 가지고 있는 돈을 다 넣고도 물량이 남는데 돈이 있으면 투자해도 좋아. 돈을 빌려서 추가로 투자해도 되는데 미숙이한테 선심 한번 쓰는 거야."

"그 좋은 걸 그냥 줘요?"

"나하고는 오랫동안 거래했기 때문에 비밀 보장이 되니까 특혜를 주는 거야. 다만 거래가 되면 리베이트는 줘야지."

이미숙은 사기를 당하지 않는가 하는 의심이 들었다. 더구나 만나

자마자 그동안 너무 잘해준 게 마음에 걸렸다.

김명호는 처녀 시절 서울에서 사귈 때 보면 사기 칠 사람은 아니었다. 그러나 그것은 아주 옛 이야기다. 사람은 얼마든지 변하지 않는가. 하지만 이 좋은 기회를 놓치는 것도 참으로 아까웠다.

고민 고민 끝에 서울에 전화를 걸었다. 가장 가까웠던 부하 직원이었다.

"나, 미숙이야."

"언니가 웬일이야? 전화해도 없는 전화번호란 소리만 나오던데."

"응, 지금 미국에 있어. 자세한 얘기는 다음에 하고 자재구매부에 가서 컴퓨터 칩의 가격 동향과 전망에 대한 보고서가 있으면 특급 우편으로 좀 부쳐줘. 보고서가 없으면 담당자에게 정확한 정보를 입수해서 전화로 알려줘. 내가 크게 한턱 쏠게."

서울에서 부쳐온 보고서에 의하면 김명호의 얘기는 거짓이 없었다. 이미숙은 과감하게 용단을 내려 가지고 있는 돈을 몽땅 털어 칩을 샀다. 칩의 가격은 하루가 멀다 하고 올랐다. 5번가와 6번가 사이 47가에서 보석상을 하는 돈 많은 유대인들까지 소문을 듣고 매점매석(買占賣惜)을 하는 바람에 칩의 가격은 고삐가 풀렸다. 칩은 부피가 작아서 금이나 다이아몬드와 같은 매력이 있었던 것이다.

대만공장이 재가동된다는 정보를 입수한 김명호는 칩을 팔 때라고 하였다. 김명호를 전적으로 신뢰한 이미숙은 김명호의 말에 따랐다. 삼일전자 상무에게 상당 금액의 리베이트를 주고도 이미숙의 재산은 몇 배가 늘어났다.

"정말 고마워요. 어떻게 이 은혜를 갚아야 할지 모르겠네요. 그래서 '카르티에'에서 3캐럿짜리 다이아몬드를 샀어요. 가지고 계시다가 미시즈 김 생일날 선물하세요."

"괜한 짓을 했구먼. 실은 마누라는 하늘로 갔어."

"예? 왜 그걸 지금까지 말씀 안 하셨어요? 암에 걸리셨나요?"

"아니야. 교통사고야. 사고도 아니고 내가 죽인 셈이지……."

"사고가 아니라니요?"

"미국에 와서 얼마 되지 않아서야. 아이들과 함께 나이아가라 폭포 구경을 가고 있었는데 중간에 차가 고장이 났어. 나는 운전대에 앉아 있었고 와이프가 고속도로 고장 차량 주의 표시인 삼각대를 트렁크에서 꺼내는데 과속으로 오던 뒤차가 받아 버렸어. 손 쓸 사이도 없었어. 그대로 간 거야. 그 생각을 하면 지금도 잠이 안와."

"그럼 그동안 아이들은 누가 돌봤어요?"

"홀로 계신 어머니가 미국에 오셔서 고생하고 계시지."

"재혼은 생각 안 해 봤어요?"

"때가 되면 하게 되겠지."

"그러면 다이아는 청혼할 때 쓰세요."

"미숙이에게는 청혼할 수 없겠네. 미숙이한테 받은 다이아를 도로 주면서 청혼할 수는 없잖아? 하하하……."

"더 좋은 것으로 바꿔서 주면 되죠. 호호호."

그 뒤 그들은 부담 없이 데이트를 즐겼다. 그러나 이미숙은 이혼한 신분이 아니었다.

김명호는 금(金)을 사라고 하였다. 이미숙은 학군이 좋은 뉴저지 '테나 프라이'에 집을 사고 아들의 학자금과 생활비를 뺀 돈으로 모두 금을 샀다. 김명호가 알려 준대로 은행에 금 매매를 관리하는 전용구좌를 개설하였다.

4

법오가 주지 방으로 올라오라는 전갈이 왔다.

"좋은 안주가 있어서 오시라고 했습니다. 수선심 언니가 횟집을 새로 냈는데 거기서 생선회를 가지고 왔답니다."

"술도 제가 특별히 준비했어요. 비싼 두견주예요."

"잘 먹겠습니다."

그 자리에는 못 보던 스님이 한 분 계셨다.

"민 교수님은 법운 스님을 처음 뵙지요?"

"네, 민지후라고 합니다. 앞으로 많은 가르침 부탁드립니다."

"세수가 소승보다 훨씬 위이시고 얘기를 들으니 학식도 높으신데 감히 제가 드릴 말씀이 무엇이 있겠어요?"

"세상 경험은 제가 많을지 모르지만 부처님의 오묘한 말씀을 깊이 공부하신 스님의 가르침이야 말로 저에게는 소중합니다."

"민 교수님 한 잔 받으세요."

수선심이 권한다.

“생선회도 한 점 드시고요.”

법운은 술이나 안주를 전혀 입에 대지 않았고 수선심도 권하지 않았다. 법운은 묵묵히 옆에서 차를 끓여 마시고 있었다.

“법오 스님, 다음 주가 제 생일인데 생일잔치 해 주세요.”

법오는 가타부타 대답이 없다.

“생일잔치 부탁하려고 일부러 생선회까지 싸가지고 왔는데 제 성의를 생각해서라도 금년은 축하를 해 주세요.”

수선심이 애교를 떨어가며 막무가내(莫無可奈)로 매달려도 법오는 오불관언(吾不關焉)이다.

두견주 몇 잔에 기분이 알딸딸해진 민지후가 호기를 부린다.

“생일잔치는 제가 해 드리겠습니다.”

“정말요? 교수님은 역시 멋쟁이셔.”

다음 주 수선심의 생일날이 왔다. 법운 스님은 보이지를 않고 인상이 별로 좋아 보이지 않는 처음 보는 스님이 나와 있었다.

“법운 스님은 어디 가셨습니까?”

“법운 스님은 이런데 다니지 않으세요.”

유영빈도 초대했기 때문에 주지, 처음 보는 스님, 수선심 등 다섯 명이 차에 탔다. 운전은 유영빈이 했다. 처음 보는 스님은 통성명도 없었다. 법오가 소개해 주지도 않았다. 나중에 유영빈이 그 스님이 법광이라고 귀띔해 주었다. 법광은 차에 타자마자 막말을 쏟아냈다.

"x팔, 우리 절의 신도는 매너가 없어. 밥 한번 사는 놈 하나 없단 말이야."

아무도 못 들은 척 대꾸를 하지 않는다. 법광의 악담은 계속 이어진다.

"중노릇 때려치우고 공사판에 가서 막노동이라도 해야지, 요즈음 같아서는 시주하는 놈도 없어 굶어죽게 생겼어. 신도가 자꾸 줄어 이제는 열 손가락 셀 정도야."

지후는 스님의 수준이 이 정도이니 어느 신도가 불공을 드리러 오겠는가 하는 경멸감이 들었다.

"어디로 모실까요?"

유영빈이 묻는다.

"이왕 얻어먹는 판에 오랜만에 위에 기름칠 좀 합시다. 등심구이 집으로 갑시다."

법광에게 물어본 것도 아닌데 제멋대로 나선다. 지후는 입을 다물 수밖에 없었다. 아마 법오가 도반(道伴)인 법광에게 오늘 회식 자리가 있으니 오라고 연통을 넣은 듯했다. 스님들이 남이 보는 데서 더구나 절 근방에서 내놓고 육식을 해도 되는지 의아했으나 그들의 막행막식은 거리낌이 없었다.

"여기 꽃등심하고 소주 몇 병 갖다 주쇼."

민지후는 돼지갈비 정도로 생일잔치를 해 주려고 한 건데 법광이 물어 보지도 않고 제멋대로 꽃등심을 주문하는 바람에 큰 바가지를 쓰게 되었다. 민지후는 기분이 확 상했다. 도대체 예의가 없었다. 법광의 종횡무진 난폭한 말에 기분이 상한 지후는 입을 다물고 일절 말을 하지 않았다.

지후의 냉담한 분위기를 눈치챘는지 다른 사람도 별 대화를 꺼내지 않았고 아무도 수선심에게 생일 축하한다는 말조차 없었다. 법광을 데리고 온 법오도 법광의 비례(非禮)를 제지하지 않고 고기만 먹고 있었다.

"이봐, 아줌마, 나는 이빨이 나빠서 등심은 못 먹겠어. 육회 한 사라 갖다 주쇼."

아무도 권하는 사람이 없자 자작으로 소주 몇 잔을 연거푸 마신 법광은 혼자 떠든다.

"잔치가 왜 이렇게 조용해? 내가 분위기 살리는 얘기 몇 마디 하지. 춘성 스님이라고 알지? 욕쟁이 스님이라고 더 많이 알려진 고승이신데 만해 한용운 스님의 유일한 제자야. 춘성 스님이 6·25 직후 망가진 절을 보수하려고 산에서 나무를 베다가 경찰에 연행되었어. 파출소에 잡혀온 춘성 스님에게 경찰이 '당신 주소가 어디요?' 하고 묻자 춘성 왈 '우리 엄마 xx다.'라고 했다는 거야. 그러자 경찰은 '그럼 본적은 어디요?'라고 또 물었어. 잠자코 듣고 있던 춘성 스님 왈 '우리 아버지 xx다.' 경찰은 춘성 스님이 실성한 사람이라고 여겨 돌려보냈대."

"춘성 스님은 선승(禪僧)으로 이름을 떨치신 분입니다. 욕설이 너무 심해 오해도 받지만 워낙 고승(高僧)이다 보니 다 좋게 받아들였습니다. 일제 강점기에는 신흥사, 석왕사 주지를 하셨고 광복 이후에는 망월사, 전등사 주지 등 큰 절의 주지를 지냈습니다.

경학과 강연으로 이름을 날려 화엄법사라고 불리기도 했습니다. 스승인 한용운이 투옥되었을 때 옥바라지를 도맡아 했으며 '아무리 추워도 은사가 차가운 감방에서 떨고 계신데, 어찌 제자인 내가 온기 있는 방에 몸을 누이고 잠을 잘 수 있느냐'라며 방에 불을 땐 적이 없다고 하며, 한겨울에 찬방에서 눕지도 먹지도 않은 채 14일간을 정진하기도 했다고 합니다.

또한 출가 이후부터 입적할 때까지 평생 이불을 덮지 않고 잤다고 합니다. 더 유명한 것은 금강산 유점사에서 수행할 때 일화입니다. 졸음을 물리치기 위해 엄동설한에 법당 뒤 빈터에 구덩이를 파고 큰 항아리를 묻은 다음, 그 항아리에 냉수를 가득 채우고 참선 수행을 하다가 졸음이 몰려오면 옷을 훌렁 벗어 던지고 찬물 담긴 항아리 속으로 들어가서 머리만 내밀고 참선을 하였다고 합니다.

춘성 스님은 못마땅한 일을 보면 주저 없이 육두문자로 대갈일성 호통을 쳐서 욕쟁이 스님으로 유명하지만 수행자로서 자기 자신에게는 한없이 엄격하고 서릿발 같은 스님이었습니다."

법오가 민망한지 춘성 스님에 대하여 상세하게 옹호를 해준다.

"그럼 점잖은 얘기로 하지. 춘성 스님이 서울역 앞에서 전차를 탔는데 '예수천국 불신지옥'이라는 피켓을 들고 예수쟁이들이 춘성 스님 앞으로 오더니 '죽은 부처 따위 믿지 말고, 부활하신 우리 예수 믿으시오. 그래야 천국 갑니다.'라고 외쳤다는 거야.

전차 안의 사람들은 모두 긴장을 했대. 스님의 기골이 장대한 편이라 분명 싸움이 날 거라 예상한 거지. 그러나 춘성 스님은 그 말을 한 사람을 올려다보고 '부활이 뭔데?'라고 물었다더군. 그 예수쟁이는 '죽었다가 다시 살아나는 것이오. 부처는 죽었다가 다시 살아나지 못 했지만 우리 예수님은 부활하셨소. 그러니 죽은 부처보다 부활하신 우리 예수님이 훨씬 위대하지 않소? 예수님을 믿으시오.'

이러자 춘성 스님은 '죽었다가 다시 살아나는 게 부활이라고?' 하자 그 예수쟁이는 '그렇소.'라고 대답했다는 거야. 그러자 춘성 스님은 그 사람을 빤히 쳐다보며 말하기를 '그럼 너는 내 xx를 믿어라. 내가 여태까지 살면서 죽었다가 살아나는 것은 xx밖에 보질 못했다. 내 xx는 매일 아침 부활한다.'라고 일갈(一喝)했다는 거야. 재미있지? 나는 욕쟁이 춘성 큰스님을 가장 존경해. 만약 생존해 계시다면 스승으로 모셨을 텐데. 춘성 큰스님은 욕만 잘한 게 아니고 그 긴 화엄경을 거꾸로 외었을 정도로 불교 교리에 해박하셨다고 하더군."

"춘성 스님 같은 큰스님이 법광 스님을 제자로 받아 주실 것 같아요? 꿈 깨세요."

수선심이 성적 모욕을 주는 얘기를 하니까 발끈하고 쏘아붙인다.

수선심의 성격을 아는 법광은 이에 아무런 반응을 보이는 않는다. 춘성 정도로 공부를 많이 하고 도를 닦은 스님은 경지를 넘어섰으니까 그런 욕을 해도 되겠지만 법광 정도의 법력으로 막말을 해대는 것은 용납되기 어려운 일이다. 초청하지도 않은 법광을 데리고 온 법오는 법광의 거침없는 말을 제지하지도, 참견하지도 않았다.

법오에게는 법광의 분위기에 어울리지 않는 그런 말이 아무렇지도 않은 모양이었다.

"거, 말씀이 너무 심하네. 스님, 그만하시죠."

유영빈도 참지 못하고 제동을 걸었다. 아마 그 둘은 평소에 대화가 있었던 듯했다.

"한마디만 더 하고. 이건 법문이야. 천박하다고 하지 말라고. 소갈머리가 몹시 좁은 딸을 둔 어느 보살이 딸의 성질을 좀 고치려고 딸을 춘성 스님께 보내 법문을 듣도록 했대.

이 딸의 성질머리에 보살이 속을 썩이고 있는 것을 알고 있는 춘성 스님은 '내 그 큰 것이 네 좁은 데를 어찌 들어가겠느냐?'라고 딸에게 물었다는 거야. 어리둥절 무슨 뜻인지 모르던 속 좁은 딸은 한참 생각하다가 얼굴이 벌게지면서 방문을 박차고 울면서 집에 돌아와서 스님의 법문을 말하고 '그 큰스님은 엉터리요.'라고 어머니를 원망했대.

그러자 보살은 '그러면 그렇지, 바늘구멍도 못 들어갈 네 소갈머리에 어찌 바다 같은 큰스님의 큰 법문이 들어가겠느냐?' 하며 혀를 찼다는 거야."

"더 이상 못 듣겠네. 그만 갑시다."

수선심이 발끈하고 일어난다.

"재미있는데 왜들 벌써 일어나쇼? 난 아직 간에 기별도 가지 않았는데……."

분위기가 싸늘해져서 지후는 서둘러 자리를 끝냈다.

다음날 석간수를 뜨러 가는데 경내에서 수선심을 만났다.

"어제는 참 미안했어요. 돈은 돈대로 쓰시고 기분만 나쁘게 해드렸어요."

"스님들은 말씀의 뜻이 높으시니까 우리 같은 중생은 못 알아듣는 거겠지요. 다 깊은 뜻이 있다고 생각하면 나쁠 것도 없습니다."

"민 교수님은 참 이해심이 높으시네요. 보통 사람은 전부 법광 스님을 욕하던데요."

그때 수아가 나타났다. 절에 온 수아는 지후를 찾아 경내까지 올라 왔다가 수선심과 무언가 얘기를 나누는 지후를 발견한 것이다.

"어, 전화도 없이 웬일이야?"

수아와 수선심이 날카로운 시선을 나눈다.

"왜, 못 올 데 왔어요?"

수선심은 인사도 없이 가버린다.

"저 여자 누구예요?"

"절에서 경리 보는 보살이야."

"보살이 뭐야? 관세음보살쯤 되는 거야?"

"절에서 여자는 전부 보살이라고 불러."

수아는 지후가 혹시 그 여자에게 딴 마음이라도 품지 않고 있나 하는 의구심이 들었다. 여자의 직감이었다. 지후는 아름다운 여자에게는 쉽게 다가가는 습성이 있는 것을 알기 때문에 몇십 년을 항상 아슬아슬하게 살아왔다. 혹시나 바람을 피우지는 않을까 신경

을 곤두세워 보았으나 여자를 탐해서가 아니고 지후는 술 한잔하
면서 음악과 미술과 문학에 대하여 여자와 대화하기를 즐기는 것을
알고 넘어 왔다.

　수년 전까지만 해도 여자와의 접근을 차단하고자 수아가 상대를
해 주었지만 수아는 이제 그러는 게 슬슬 귀찮아진 것이다. 남편에
게 별 관심이 없어졌다. 그리고 남편이 이 나이에 설마 바람을 피우
겠느냐 하는 안일한 생각을 하게 된 것이다. 그러던 남편이 한적한
산사(山寺)에서 매력적인 여자와 대화를 나누는 것을 보니 갑자기 의
심과 질투심이 일어났다. 지후는 물가에서 노는 아이 같기도 했다.
지후 주변에는 항상 여자들이 들끓었다. 잘생긴 얼굴에 저음으로
깔리는 부드러운 목소리, 상대를 존중해주는 배려심, 모든 장르를
넘나드는 예술에 대한 해박한 지적 대화 등이 여자의 호감을 주었
다.

　결혼할 때 둘은 모두 첫사랑이었다. 총각 시절 지후 주변에는 여
자가 많았지만 쉽게 사랑에는 빠져들지를 못했다. 여자를 가까이
해도 친구로서 사귈 뿐이지 연인으로 발전시키지는 않았다. 여자가
액셀러레이터를 밟아도 진도가 나가지 않으니까 여자 스스로 포기
하곤 하였다.

　지후는 결혼 전 몇몇 여자와 친구 감정으로 만나기는 했으나 더
이상 발전이 없자 여자는 결혼 적령기가 넘어서 집안의 독촉이 심
해지자 스스로 포기하고 지후에게 아무런 통고도 없이 결혼을 해
버리곤 한 것이다.

그러나 친구 사이로 사귀기 시작한 지후와 수아는 어느 순간 연인 사이로 발전하여 불같은 사랑을 하였다. 이틀이 멀다 하고 만났고 만나면 끝없는 대화를 나누었다. 삼청공원이나 사직공원 깊숙이 들어가 뜨거운 키스를 나누기도 하였다. 그들은 곧 결혼했지만 사랑의 행각은 식을 줄 몰랐다.

아이를 낳을 때 좀 주춤했지만 육아는 수아의 할머니가 해 주었기 때문에 그들은 여전히 연극 구경이나 카페들을 쏘다녔다. 신문사 문화부 여자 기자들과 막걸리 집에서 어울리기도 하고 친구부부와 함께 호프집에서 잡담을 나누기도 하였다.

오랫동안 지속적으로 이런 생활을 하다가 결혼한 지 30년이 가까워오자 수아는 피로증후군을 느꼈다. 싫증이 난 것이다. 여자 친구들끼리 수다를 떠는 것이 더 즐거웠다. 이때쯤 되니까 그동안 소식을 끊고 살았던 중·고교·대학 친구들이 용케 연락이 닿아 이런저런 모임을 만들어 주기적으로 만나곤 하였다. 교직 때문에 무리해서 시간을 내어 점심만 먹고 나오곤 하는데 그들과 시간을 더 많이 가지지 못하는 게 아쉽기만 하였다. 친구들은 싫건 수다를 떨다가 오후 늦게 헤어진다고 하였다. 그래서 학교 선생을 하면서 같이 근무한 선생들과 모임을 만들어 한 달에 한 번 토요일에 만나기도 하였다. 방학 때는 여선생들끼리 해외여행을 가기도 하였다. 수아는 모임이 점점 많아져 거기에 참석하기도 버거웠다.

남편과의 대화는 자꾸 엇박자가 났다. 지후는 아직도 헤르만 헤세가 어쩌니, 스콧 피츠제럴드가 어쩌니, 구스타브 말러와 폰 카라

얀이 어쩌니, 현대미술의 흐름이 어쩌니 하며 구름 속에 떠도는 얘기만 하는데 수아는 친구들과의 대화에 점점 동화되어 아무 쓸데없는 지후의 얘기가 싫증이 났다.

와인이라도 한잔하면 지후의 이런 정신적 세계의 말이 점점 가속이 붙는데 수아가 상대를 해주지 않으면 삐지곤 하였다. 그러나 수아에게는 지후의 이런 얘기가, 사는 데 아무런 도움이 되지 못하고 친구들에게도 이런 내용의 얘기를 옮기면 외계인을 보는 듯하기 때문에 괜한 시간 낭비만 하는 기분이었다. 지후가 술 한 잔에 기분이 들떠 어쩌니 저저니 하면 딴 생각을 하면서 그저 자리를 지키는 정도였다. 수아의 반응이 없으니 지후는 김이 새서 슬그머니 자리를 끝내곤 하였다. 이렇게 되니까 지후는 대화가 되는 상대를 찾아 나서게 되었으나 남자 친구들도 이러한 류(流)의 얘기는 좋아하지 않기 때문에 대화 상대가 되는 친구를 만나기가 무척 힘들었다.

요즈음 중년 여자들이 자녀 교육에서 벗어나 시간적 여유가 생기자 수채화 그리기, 스포츠댄스, 기타, 수필 쓰기 등 다양한 교양 교육 프로그램을 찾아 나서게 되었다. 그러나 노년의 남자들은 고작 등산 모임이나 초·등·고 동창들을 만나 점심을 즐기는 정도로 행동반경이 점점 위축되어 갔다. 술친구는 점점 줄어들고 병마에 시들어 가는 친구는 늘어만 갔다. 나이가 들면 여성의 위치는 가정뿐만 아니라 사회적으로도 점점 위력을 뿜어내고 있었다.

"이제 절에서 나와."

"나는 절이 좋은데……."

“그럼 머리 깎고 중이 되든지.”

“지금도 대처승이 있나?”

“천태종으로 가든지.”

“정말 그럴까?”

“마음대로 해.”

화가 난 수아는 인사도 없이 차에 올라타더니 절을 떠났다. 그러나 수아는 불안이 밀려왔다. 남편을 너무 방치해둔 것 같았기 때문이다. 이러다가 부부 사이에 심각한 골짜기라도 생기면 어쩌나 하는 불안이었다.

절에서 본 보살인가 무언가 하는 여자가 신경이 쓰였다. 그 여자가 미인이고 지후는 미인한테 약하다는 것을 알고 있기 때문이다. 더구나 좁은 절 경내에서 몇 사람 안 되는 사람이 살고 있으니 자주 부딪칠 것이고 그러다 보면 모종의 일이 일어나지 않을까 하는 노파심이 엄습했다. 믿을 수 없는 것이 남자의 마음이고 열 여자 싫어하는 남자 없다는 말도 있지 않은가. 너무 무뚝뚝하게 대하지 말고 옛날로 돌아가 녹슨 애교라도 부려서 하루 빨리 지후를 집으로 불러들여야겠다는 생각이 들었다.

“강 국장이 웬일이야?”

“휴대전화도 안 받고 해서 집으로 전화했더니 절에서 칩거하고 있다고 해서 위로 차 왔네.”

강민수는 지후의 신문사 입사 동기로 문리대 정치과 동문으로 죽이 맞아 술깨나 퍼마시고 다니던 친구였다. 강민수는 정치부 기자로 계속 근무하다가 정치부 부장을 거쳐 편집국장까지 하고 정년퇴직한 소위 잘나간 기자였다.

"자, 마을로 가서 소주 한잔하세."

"그럼 해야지. 우리가 만났는데 술이 빠질 수 없지."

"그래, 절 생활은 할 만해?"

"응, 내 적성에 맞는 것 같아. 혼자만의 시간을 즐길 수 있고 특히 마누라 손아귀에서 벗어나 있으니 얼마나 좋은지 모르겠어."

"정말 결혼이란 인간이 만든 최악의 발명품이야. 서양 격언에 이런 말이 있어. '바다로 나갈 때는 한 번 기도하라. 전쟁터로 나갈 때는 두 번 기도해라. 결혼식장에 갈 때는 세 번 기도해라.' 동물처럼 자유로운 연애가 얼마나 좋은가?"

"그러나 동물도 원앙이나 기러기 또는 수리부엉이처럼 백년해로(百年偕老)하는 종류도 많아."

"만물의 영장(靈長)인 인간이 결혼을 부정해서는 안 되지만 이처럼 상대에게 정절을 지키는 것처럼 보이는 동물들도 오랫동안 관찰을 해본 결과 사실은 몰래 바람을 피거나 상대를 떠나거나 아니면 사람처럼 이혼하는 경우가 있다고 라이브사이언스지에서 읽은 적이 있어."

부지런히 소주잔이 오고 갔다. 어느 정도 취기가 오르자 강민수가 심각해진다.

"실은 나 얼마 전에 이혼했어."

"아니, 무슨 소리야? 당신 부인은 얌전하기만 하고 언제나 말이 없던데."

"그게 더 무섭더라고. 마누라를 너무 믿은 거야. 우습게 안 거지. 당신도 알다시피 나는 잘나갈 때 정치인들과 술을 얼마나 많이 마셨나? 집에 안 들어가는 날도 가끔 있었고 심각한 것은 아니지만 마누라한테 오해 받을 짓도 좀 했지. 그래도 마누라는 꾹 참아 주었어."

"하기는 친구 간에 강 국장은 부인 제압하는 데 특별한 재능이라도 있다고 입방아를 찧었지."

"고등학교 동기 모임이 있어 나가야 되니 그렇게 아세요."

"또 나가?"

"밥은 밥통에 있고 반찬은 냉장고에 있으니 김치찌개만 가스레인지에 끓여서 드시면 돼요."

강민수는 오늘도 혼자 밥을 먹을 생각을 하니 속이 부글부글 끓었다. 직장 생활 30년을 포함해서 강민수는 평생 동안 혼자 밥을 먹은 적이 없었다. 친구를 불러내서 점심이나 같이 하자고 할까도 생각했지만 중요한 얘기가 있는 것도 아닌데 촉박한 시간을 두고 친구를 불러내면 실없는 사람으로 여겨질까 봐 이것도 주저되었다.

일단 집을 나섰다. 어디로 가야할지 딱히 생각나는 데가 없었다. 주저하다가 지하철을 타고 식당들이 많이 몰려 있는 사당역에서 내렸다. 점심시간이라서 식당마다 직장인으로 가득 차 있고 4인용 테

이불을 혼자인 강민수에게 내줄지도 의문이었다. 그리고 더욱 주저되는 것은 혼자 밥 먹는 것이 후배나 친구에게 목격되는 것이었다. 얼마나 민망하겠는가. 인생을 어떻게 살아왔기에 점심 한 끼 같이 할 친구 한 명 없어 혼자 처량하게 밥을 먹는가 하고 그들은 차가운 시선을 보낼 것이다. 이 식당 저 식당 기웃거리다 강민수는 다시 전철을 타고 서울대공원에서 내렸다.

밥을 쫄딱 굶은 채 산림욕장으로 올라갔다. 평일이라서 등산객은 거의 눈에 띄지 않았다. 평상복에 구두를 신은 강민수지만 이상하게 보는 사람은 없었다. 만감이 오갔다. 지금의 나는 모두 허상인 것이다. 호주머니에 돈이 있으면서도 남을 의식하고 점심 한 끼 못 사먹고 내팽겨져 있는 것은 서푼 어치 자존심과 자격지심 때문이라는 자성이 들었다. 언젠가는 깨질 이런 자존심이 자기를 괴롭히는 것은 지금까지 인생가도를 너무 평탄하게 살아왔기 때문이라는 반성도 하게 되었다. 앙상한 나뭇가지와 스쳐가는 바람소리가 강민수의 쓸쓸한 가슴을 더욱 아프게 후벼들었다.

아내 한수인도 그녀 나름의 인생이 있는 것이다. 그런데 지금까지는 아내의 인생도 자기의 인생 한 부분이라고 생각하며 살아 온 것이다. 정년퇴직을 하고 나니 부부간의 생활 패턴에 큰 변화를 가져왔다.

남편이 퇴직하기 전까지는 아이들도 모두 결혼하여 집을 떠났겠다, 남편은 거의 매일 직장에서 저녁 늦게 집에 들어오니 한수인은 자유인이 되어 결혼과 더불어 실종된 자기 인생을 되찾은 것이다.

친구들과도 자유스럽게 만나 점심을 먹고 커피 한 잔 하며 시간가는 줄 모르고 수다를 떨곤 하였다. 친구들과 영어회화 반에도 들어가고 컴퓨터, 요가, 수채화 그리기, 합창단 등 다양한 취미생활에 일주일 스케줄이 꽉 찼다.

이런 활기찬 나날을 보내다가 남편이 퇴직을 하게 되자 모든 것이 뒤틀리기 시작했다. 강민수는 퇴직 후 한동안은 매일 같이 외출하더니 점차 그 빈도가 줄어들어 집에서 죽치고 있는 날이 많아졌다. 그런 날 제일 거북한 것은 점심 문제였다. 남편 강민수는 어린 시절부터 시어머니가 부엌 근처에는 얼씬도 하지 못하게 하여 부엌일을 하는 것을 무슨 굴욕으로 생각하는 사람이었다. 다른 친구들 이야기로는 남편이 퇴직하면 아내에게도 정년이 있다고 주장하여 청소나 세탁 등 가사를 분담한다고 하는데 강민수에게는 어림도 없는 이야기였다. 남편이 외출을 하지 않는 날은 한수인도 약속을 취소하고 남편 점심을 챙겨 주었으나 이 짓을 몇 번하다 보니 한수인은 인생의 회의가 들었다.

결혼이란 무엇인가? 나는 남편의 현대판 노예란 말인가? 남편이란 자는 남이 다 하는 밥 한 끼 차려 먹지 못한단 말인가? 남편이 독거남이 되면 어찌 살려고 이러는 것일까?

"나, 이렇게는 못 살겠어요. 친구들은 남편이 집에 있어도 마음대로 외출을 하는데 나는 고작 당신 점심 한 끼 차려 주려고 집에 죽치고 있는 짓은 더 이상 못 하겠어요."

"그러면 나보고 점심을 굶으란 말이야?"

“밥하고 반찬을 다 해 놓고 나갈 테니 떠 잡수시기만 하면 돼요.”

“그렇게는 못 하겠어. 지금 당신이 이렇게 사는 것은 그동안 내가 온갖 고생을 하며 돈을 벌어 주었기 때문이란 것을 생각해 봐. 직장 생활을 하면서 말 못할 수모도 견뎌내고 당신도 알다시피 밤을 새가며 일을 한 적이 한두 번이 아니잖아? 이제 그 동안 고생을 한 보상으로 노후를 즐기려고 하는데 나를 겨우 부엌데기로 전락시키다니 내 인생이 너무 한심하다. 밥 해주기 싫으면 가정부를 써.”

“말이 되는 얘기를 하세요. 둘이 사는데 무슨 가정부예요? 우리가 재벌도 아니고. 말이 나와서 얘긴데 당신도 이제 골프 좀 줄이세요. 한 번 나가면 돈이 얼만데 노후를 생각해야죠. 우리가 하고 싶은 것 다 할 만큼 노후 자금이 풍족한 것도 아니지 않아요? 늙어서 돈 없는 것만큼 처량한 것은 없대요. 늙으면 돈이 신분이래요.”

“집이 있지 않아? 마음껏 쓰다가 떨어지면 집을 담보로 하는 주택연금을 받아 생활하면 되지.”

“그렇게 무책임하게 말하지 말고 지금부터라도 계획성 있게 생활을 합시다. 누구한테 들은 얘기인데 일본의 어느 사람은 정년퇴직을 하자 자기가 가지고 있는 돈을 자기의 기대 수명에 물가 상승률을 감안한 금액으로 나누어 매년 쓸 수 있는 돈을 산출한 예산 범위 내에서 생활을 했다고 해요. 자식들에게 재산을 물려줄 필요는 없지만 살아생전 자식들한테 손을 벌리는 처량한 신세가 되어서는 안 되지 않겠어요?”

“그건 그래, 맞는 말이야. 자식에게 손을 벌리는 일은 없어야지.”

“신문이 수북이 쌓여 있는데 이따가 쓰레기장에 버려줘요.”

“남자가 남세스럽게 그런 일을 어떻게 해. 동네 부인들이 보잖아?”

“당신은 참 적응이 안 되네요. 쓰레기장에 가보세요. 그런 일은 다 남자가 해요. 이왕이면 청소기도 좀 돌려주세요. 나는 이제 힘이 달여 청소기 돌리기도 힘들어요.”

“놀러 다닐 힘은 펄펄 넘치고?”

둘은 조그만 일에도 서로 신경을 날카롭게 세우며 말다툼을 하곤 했다. 지금까지는 한수인이 강민수에게 일방적으로 따라갔지만 이제는 반기를 든 것이다. 그러다 보니 다툼이 없을 수 없었다. 강민수의 지나친 가부장적 성격은 시대의 흐름과 충돌하였다.

부인이 순종하던 시대에는 이것이 카리스마로 평가될 수도 있겠지만 여자가 사회로 진출하면서 남자의 지위는 점차 약화되었고 나이가 들면 자연히 여성이 우위를 점하게 된다. 원래 인류는 모계사회였다고 한다. 남자는 그저 사냥을 하여 가족을 먹여 살리고 전쟁을 하여 부족을 지키는 역할을 할 뿐이지 막후에서 권력을 휘두르는 것은 여성이었다. 이런 현상은 지금도 동물의 세계를 보면 알 수 있다.

청소를 해 주고 세탁기로 빨래를 해서 널고 신문지와 쓰레기를 버리고 스스로 알아서 밥만 챙겨 먹으면 만점짜리 남편인데 강민수는 그 무엇 하나 도와주지를 않았다. 결혼 생활 30여 년간 그래왔지만 한수인을 생각해 주는 배려심이 없었다.

강민수가 신문사에 다닐 때는 한수인은 죽은 채 살아왔지만 남편이 퇴직하고 주로 집에 있는 시간이 많다 보니 이런저런 사소한 일로 말다툼을 하는 때가 많아졌다. 일찍 퇴근하면 그렇게 좋던 남편이 집에 죽치고 있게 되니까 이만저만 불편한 것이 아니었다. 무엇보다 삼식(三食)이가 제일 불편했고 제발 남편이 외출해 주기를 바랐다. 그리고 남편은 퇴직하고 나서도 외출을 하려면 옷과 넥타이를 골라주고 손수건을 갈아주는 등 시중을 들어야 하는데 이것이 매우 못마땅했다.

남편만 정년퇴직이 있는 것이 아니라 자기도 이제는 주부를 정년퇴직을 하여 남편이 자기가 할 수 있는 일은 스스로 알아서 하고 가사도 나누어 분담해야 하는데 강민수는 직장에 나갈 때나 지금이나 변함이 없었다. 수십 년간 동안 결혼 생활을 하면서 쌓이고 쌓였던 한수인의 남편에 대한 불만은 점점 표출되기 시작했다.

한수인은 내성적(內省的)이고 외유내강(外柔內剛)형이기 때문에 지금까지는 참고 참았지만 이제는 말다툼이 일어나면 절대 물러서지 않았다. 더구나 아이들이 모두 결혼해서 집을 나갔기 때문에 눈치 볼 사람도 없었다. 강민수는 가부장(家父長)적 성격이 강해서 마누라는 무조건 남편에게 순종해야 한다는 편견을 가지고 있었다. 그러니 둘 사이에 갈등의 골은 점점 깊어져만 갔다.

"저, 친구들하고 열흘간 동유럽 관광을 가기로 했어요."

"언제 가는데?

"내일요."

"뭐? 내일! 그걸 지금 얘기해?"

"미리 말을 꺼내면 반대할 것이 뻔한데……."

"한 달 전에도 대학 동기들 하고 일본을 다녀왔지 않아?"

"이번은 고등학교 동창들이에요."

"안 돼. 나보고는 골프도 치지 말라 술도 작작 마셔라 하며 잔소리 하더니 자기는 돈을 물 쓰듯 펑펑 써도 되는 거야?"

"돈도 다 내놨는데 어떻게 해요. 이번만 보내주세요. 다음부터는 당신 허락 받고 갈게요."

"해외여행 갈려면 나하고 같이 가자고."

"여행은 친구들하고 같이 가는 것이 제일 재미있어요. 당신하고 가봤자 당신 시중밖에 더 들겠어요? 차라리 집에 있는 것이 낫지."

"뭐야?"

"당신이 그 정도로 쩨쩨한 인간이었어?"

"마누라가 평소 안 하던 말대꾸를 하니까 화가 머리끝까지 오르더라고. 그래서 이성을 잃어 버렸어. 결혼 생활 처음으로 마누라 뺨따귀를 올려붙였어.

마누라는 아무 소리 않고 안방으로 들어가 문을 잠가버리더라고. 그래서 마누라 가방을 뒤져 여권을 압수한 거야. 다음 날이 출국인데 난리가 난 거지. 마누라가 아무리 애원을 해도 여권을 주지 않았어. 울고불고 하던 마누라는 여행 가방을 들고 밖으로 나가더니 행방불명이 된 거야. 은근히 걱정이 되어 애들 집에도 전화하고 처갓집 등 갈만한 데는 모조리 전화를 해도 모르겠다는 거야."

"그래서 어떻게 됐어?"

"약 2주쯤 되니까 가정법원에서 이혼소송 소장부본과 소환장이 오더라고. 법원에 가서 판사 앞에서 조정 절차를 밟는데 내가 잘못한 것이 하도 많으니까 순순히 협의이혼에 동의했어. 재판이혼에 가 봤자 내가 생각해도 질 것이 뻔하니까 이혼합의서에 금방 도장을 찍어준 거야.

위자료와 재산 분할도 마누라가 원하는 대로 다 해 주었어. 내 속셈은 시간이 지나 마누라의 증오가 사라지면 무슨 수를 써서라도 재결합할 수 있는 할 여지를 남겨 두자는 거지. 나를 위해서 그동안 봉사한 것이 얼마인데 원수로 갈라 설 수는 없다는 생각에서야. 마누라는 천성은 착하지만 한번 화가 나면 고집불통이야. 그러다가 시간이 지나가면 제자리로 돌아오곤 했어. 지금 내 소원은 마누라와 그저 친구처럼 지내다가 도로 합치는 거야. 그건 그렇고 민 시인은 부부 관계에 아무런 이상이 없는 거야?"

"일반적으로 나이가 들면 여성이 남자보다 우월해지고 여자는 그동안 가사에 봉사한 것에 대한 보상을 받으려고 하기 때문에 어느 집이나 크고 작은 문제는 다 있기 마련이야."

"내 변명을 하는 것은 아니지만 요새야 이혼이 뭐 흉인가? 우리나라의 이혼율이 얼마나 높은데. 나 같이 황혼 이혼도 점점 늘어가고. 별거를 다 일본에서 수입해서 뭇 남자의 속을 썩이는지."

"손도 까닥하지 않고 살던 당신이 혼자 생활할 만한가? 밥은 해 먹고?"

"닥치면 다 하게 돼있어. 그런데 이혼하고 나니까 산책을 하거나 등산을 갔을 때 부부끼리 온 노년들이 부럽기 짝이 없어. 그럴 때면 내가 왜 그리 초라하게 보이는지. 가슴이 쓰려 와. 그리고 만약 내가 병원이라도 입원하면 누가 돌봐 줄지를 생각하면 평소 마누라한테 잘해줄 걸 하는 회한에 잠이 안 와."

"사실 요즘 나도 결혼에 회의를 느껴. 마누라와 의사소통이 안 되는 거야. 자꾸 엇박자가 나. 지금은 남남 같은 부부야. 진솔한 이야기를 나눈 지가 언제였는지 기억도 않나. 같이 여행을 간 지도, 영화를 본 지도, 와인 곁들인 외식을 한 지도 언제였는지 몰라. 그저 한 지붕 아래 같이 자고 밥 먹고 하는 정도야. 정겨운 대화 한마디 없는 거지. 서로 증오하는 것은 아니야. 쉽게 말하면 무관심인데 나이가 들수록 서로의 취향과 감각이 벌어지는 거야. 이유도 없어. 서서히 서로 성격 차이가 있다는 것을 느끼게 된 거지."

"듣고 보니 그거 심각하네. 무슨 조치를 해야지 그냥 방치하면 점점 틈만 벌어지는 거 아니야? 같이 쾌적한 곳으로 해외여행이라도 가봐. 카리브나 지중해크루즈를 타던지 메드클럽 같은 곳에 들어가 보는 것이 어때? 타이티나 보라보라, 발리 또는 몰디브 의 메드클럽이 좋다고 그러던데. 거기 들어가서 모든 것 잊고 아무 것도 하지 않으면서 유유자적(悠悠自適)하며 바다를 즐기다 보면 부부애가 되살아날 것 아닌가? 당신 좋아하는 와인이나 맥주도 마음 놓고 마실 수 있고 그러다 보면 와이프와 풍부한 대화를 나눌 수 있게 되지 않겠나? 크루즈나 메드클럽은 한곳에 머물러 있으니까 이동하느라 짐 싸느라 허둥댈 필요도 없고 식사도 최고급이니 여자 마음 녹이는 데는 더 이상 좋은 데가 없을 걸?"

크루즈에는 라운지, 나이트클럽, 카지노, 영화관, 도서관, 게임 룸, 카드 룸, 수영장, 탁구장, 농구장, 스넥 바, 면세점들이 있는데다 공짜고 술도 꼬냑 등 비싼 술은 빼고 공짜래. 지중해 크루즈가 좋다고 그래. 크루즈는 제한된 공간에서 움직이기 때문에 승객 소위 물이 좋아야 하는데 카리브 크루즈는 그저 그렇고 지중해 크루즈는 승객이 대부분 은퇴한 유럽 사람들 이어서 분위기가 아주 좋다고 해."

"그거 좋은 정보이네. 이번 겨울방학에 가자고 해야겠군. 거기는 모두 열대지방이니 날씨가 딱 좋을 것 같으이."

둘은 거나하게 취하여 절로 되돌아 왔다.

"밤도 늦었으니 오늘은 여기서 자고 가게. 밤길 운전은 위험해. 더구나 술까지 마셨지 않은가?"

"덕산으로 나가서 온천이나 하고 거기 여관에서 자면 돼."

"그것도 좋지만 산사에서, 더구나 나하고 한 방에서 자는 것도 추억이 되지 않겠는가."

"그럼 그렇게 하지."

밖에서 노크 소리가 들린다.

"손님이 오신 것 같은데 과일 좀 준비했어요."

수선심이었다,

"어? 정 마담 아니야? 정 마담이 여기엔 웬일로?"

깜짝 놀란 강민수가 반색을 한다.

"정 마담이 누군데요?"

수선심은 황급히 자리를 피한다.

"저 여자가 누구야?"

"여기서 경리 보는 보살이야. 절 식구지."

"내가 잘못 보았을 리 없어. 저 여자는 틀림없이 관훈동에서 한정식 집을 하던 여자야. 강남 룸살롱 새끼마담으로 돈께나 벌어서 관훈동에 술 파는 한정식 집을 차렸지. 얼굴이 예쁘고 남자 홀리는 기술이 뛰어나서 강남 룸살롱에서 인기가 대단했어."

"그런 여자야? 그런데 그런 여자가 왜 여기에 와 있지?"

"그건 나도 몰라. 언젠가 관훈동 한정식 집에 가보니 주인이 바뀌었다고 하더라고. 그 뒤로 저 여자를 보지 못했어."

정인숙은 결혼에 실패하고 룸살롱 여종업원으로 시작하여 대형 룸살롱에서 여자 종업원 5~10명을 거느리는 새끼마담을 하면서 돈을 꽤 벌었다. 그래서 정식 마담 자리를 탐문하던 중에 은밀한 관계를 가졌던 김택만에게 속내를 털어 놓게 되었다.

"룸살롱 마담을 해 봤자 한계가 있으니까 우리 반반씩 자금을 대서 동업으로 요식업소를 하나 내 봅시다."

솔깃한 제안이었다. 동업은 하지 말라는 예로부터 내려오는 얘기도 있지만 산전수전(山戰水戰) 다 겪은 정인숙은 속지 않을 자신이 있고 업소 운영은 전적으로 자기가 할 것이므로 사기를 친다면 자기가 칠 수 있지 김택만이 사기 칠 가능성은 없다고 생각하였다.

"좋아요. 조건은요?"

"조건은 없소. 일 년에 두 번 결산을 해서 수익금의 반만 주쇼. 업소 입지 선정이나 전세 계약, 식기 등 기자재 구입, 주류 납품업체나 식자재 공급업체 선정 등 모든 것을 전부 정 마담에게 일임하겠소. 단, 업소 돌아가는 형편은 알아야 하니 지배인은 내가 정하겠소."

대단히 좋은 조건이었다. 지배인이 김택만 측 사람이라는 것이 마음에 좀 걸렸지만 정인숙은 사람 다루는 데는 자신이 있으므로 김택만의 제안을 쾌히 받아들였다.

다음 날로 북촌 일대의 부동산 중개업소를 돌아다니며 영업 장소를 물색하였다. 마침 관훈동에 마땅한 집이 있어 2년 전세 계약을 맺고 깔끔하게 내부 수리를 하였다.

점심식사는 실비 수준으로 받고 저녁에는 술을 팔았다. 시중을 드는 여자들은 전문대 근처의 커피숍 등에서 예쁜 학생에게 접근하여 좋은 조건으로 아르바이트를 하지 않겠느냐고 유혹을 하여 뽑았다. 그리고 예쁜 친구들을 더 데려오라고 권유했다. 대우가 매우 좋았으므로 여자 조달에는 애로가 없었다. 옥호는 '정인숙집'이라고 지었다. 정인숙은 당대의 인구(人口)에 회자(膾炙)했던 여자였기 때문에 뭇 남성들을 끌어들이는 묘한 상징성이 있었다. 그리고 '정인숙집'에는 예쁘고 참신한 종업원이 많다고 소문이 나서 손님이 끊일 날이 없었다. 강의가 없는 날에 나와서 특근을 하는 학생들에게는 매일 시간당으로 계산하여 별도의 수당을 주었다. 관훈동 근방에는 정치인들이 많이 드나들어 이와 관련하여 언론인이나 대기업 임원 또는 금융계 사람들이 주 고객이었다. 장사는 날로 번창하였다.

그러던 어느 날 김택만의 부인이라는 여자가 업소로 찾아와 기물을 부수는 등 행패를 부리더니 당장 김택만의 투자금을 빼놓지 않으면 간통죄로 고소를 하겠다고 엄포를 놓았다. 그것도 열흘 기한을 주었다. 공동 명의로 맺은 전세 계약서와 불륜 사진 등 물증을 가지고 있었다. 정인숙은 은행, 저축은행, 보험회사를 다 돌아다녔으나 요식업소에는 융자할 수 없다고 거절을 당했다. 그때 지배인 천 씨가 대부업체에 아는 사람이 있다고 융자 알선을 해 주었다. 급한 불은 꺼야 했기 때문에 조건도 따지지 않고 사채를 썼다.

이자는 눈덩이처럼 불어나 업소 수입금으로는 도저히 감당을 할 수 없게 되었고 대출 기한도 넘어 버렸다. 대부업체는 매일 건장한 청년들을 보내 빚 독촉을 하고 이러다보니 업소 분위기가 심상치 않게 되어 손님이 점점 끊기게 되었다. 설상가상(雪上加霜)으로 맥주와 양주 등 주류 공급업체에서 외상값을 갚으라고 하는데 이것은 이미 정인숙이 지배인을 통하여 지불한 것인데 천 씨가 중간에서 착복을 한 것이다. 이것만이 아니었다. 식자재 공급 거래처에 지불할 돈도 천 씨가 횡령했고 전기·수도·가스 요금도 모두 연체되어 있었다. 나중에 알고 보니 대부업체 사장은 김택만이었고 천 씨도 김택만의 지시에 따라 이런 짓거리를 한 것이었다. 빚을 도저히 감당할 수 없는 정인숙은 생명의 위협을 느끼고 몇 가지 옷만 챙긴 채 야반도주를 하였다. 정인숙은 어린 시절부터 어머니를 따라 절에 다

넜기 때문에 여러 절을 전전하다가 이 절에 의탁하고 있으나 언제 사채업자가 들이닥쳐 신체에 가해를 할까 두려움에 떨고 있었다. 며칠 후 수선심은 절을 떠났고 주지도 어디로 갔는지 모른다고 했다.

유영빈이 법운 스님이 내일 동안거(冬安居)에 들어간다며 수덕여관에서 산채정식을 대접키로 했는데 같이 가지 않겠느냐고 물어왔다. 그러지 않아도 법운 스님과 시간을 가지고 싶은 차라 솔깃해서 따라 나섰다.

"출가를 결심하게 되면 불교에 대하여 공부를 해 두는 것이 좋습니까?"

유영빈이 마치 출가라도 할 듯이 묻는다.

"그럴 필요는 없습니다. 천주교에서는 세례를 받기 전에 교리 강습을 받고 있는 것으로 알고 있는데 불교에서는 불교의 가르침을 자세히 몰라도 됩니다. 불교는 신의 말씀이나 예시가 아니라, 누가 생각해도 이치 타당한 삶의 언어와 진리의 가르침이기 때문입니다. 교리는 출가한 뒤에 천천히 공부해도 늦지 않습니다."

"그러면 출가하겠다고 하면 아무나 받아 줍니까?"

"아닙니다. 출가에는 승가 고유의 입단 조건이 있습니다. 그것을 가리켜서 불교에서는 차법(遮法)이라고 하는데 이 차법은 '자신의 이름, 만 20세가 지났는지, 출가자로서 반드시 갖추어야 할 의복과 발우 등 의발은 갖추었는가, 부모의 허락은 받았는지, 속가에 빚은 없는지, 군인은 아닌지, 중병은 없는지, 몸에 보기 흉한 문신은 없는지,

서류상 이혼 절차가 마무리 되지 않았는지 등입니다. 그러나 이것도 영원불변한 것이 아니고 시대가 바뀌고 사회가 바뀌면 이 또한 자연스럽게 변화할 수 있는 것입니다. 출가는 나답게 살기 위한, 그래서 자기 자신을 찾아 떠나는 길이기 때문입니다."

"왜 법운 스님은 한곳에 머무시지 않고 이 절 저 절 행운유수(行雲流水)처럼 떠돌아다니십니까?"

민지후가 물어 보았다.

"절에는 절간 법을 따르고 세상에서는 세상 법을 따르라는 말이 있습니다. 소승도 동굴에서 하루 한 끼 밥을 먹으며 면벽수도를 일 년간 한 적이 있습니다. 욕계삼욕(欲界三欲)이라고 인간에게는 참기 힘든 세 가지 욕망이 있는데 식욕(食慾)과 음욕(淫慾) 그리고 수면욕(睡眠慾)인데 수면욕을 극복하기가 제일 힘듭니다. 그래서 잠을 쫓기 위해 턱 밑에 송곳을 대 놓고 수도도 했지요. 그러나 깨달음을 얻으려면 세상을 알아야 한다는 생각이 들었습니다. 세상을 모르고 어떻게 참다운 승려가 될 수 있으며 세상을 끌어안았을 때 도(道)가 보인다고 생각한 겁니다. 세상을 알아야 참다운 법문을 할 수 있는 것이 아닙니까? 그러기에 원효 스님은 머리에 바가지를 쓰고 저잣거리를 싸돌아다닌 것입니다."

"그러다 보면 스님은 갈등을 느끼지 않습니까?"

"승려라고 해서 꿈이 없는 것도 아니고 욕망도 있고 이것을 쫓다가 좌절도 하고 환희도 느끼고 비탄에 젖는 때도 있습니다. 마음속에 하루에도 몇 번씩 암흑과 광명이 교차하기도 합니다. 그러나 지금 내가 누구이고 지금 내가 무엇을 하고 있고 지금 내가 어디로 갈 것인가, 초심만 잊지 않으면 됩니다. 무엇이든 집착을 하면 고통이 따르기 마련입니다. 방하착(放下着)이라고, 모든 것을 놓아버리면 자유를 얻을 수 있는데 하나를 비우면 다시 그 자리를 다른 것이 채우고 드는 것이 인간 세상이니 참 어렵습니다."

"법운 스님은 왜 육식을 하지 않습니까? 요즈음 스님들은 별 거리낌 없이 육식을 하던데요?"

"우리나라 불교는 '깨치면 그뿐'이라는 선(禪) 지상주의가 지나치게 강조되면서 계율(戒律)은 경시되어 왔습니다. 그래서 계율은 더 이상 중들이 지켜야 할 의무 사항이 아니라 선택 사항으로 전락하고 말았습니다.

계율은 깨달음을 얻기 위해서 반드시 지켜야 하며 깨달음에 이르는 밑바탕이 되고 가장 빠른 방법입니다. 강을 건너고 난 뒤에는 배가 필요 없듯이 깨달음을 얻고 난 뒤의 무애행은 파계가 아니고 세속의 삶을 중생들과 같이 하는 자연스런 수행 방법일 뿐입니다. 그러나 수행단계가 낮은 스님들이 자신들의 막행막식(寞行寞食)을 마치 원효, 경허, 만공, 춘성 등 큰스님들이 했던 무애행에 흉내 내면서 자기의 파계 행위를 합리화하는 세태가 큰 문제입니다.

무애행과 막행막식은 근본적으로 완전히 다른 것입니다. 무애행은 수행자가 그 행위를 함에 있어 스스로의 마음에 걸림이 없고 그 행위의 목적이 남을 위한 이타심에 출발한 것으로 이 두 가지 전제가 바탕이 되지 않는다면 이는 무애행이 아니라 단순한 막행막식

즉 파계 행위인 것입니다. 무애행은 철저한 수행과 자기 성찰을 통해서만 가능한 수행의 최고 경지입니다. 다시 말씀드리면 무애행은 깨달은 자만이 행할 수 있는 부처의 행위와 같은 것입니다. 선수행(禪修行)을 하면 계율을 무시해도 된다는 것은 자기변명에 지나지 않습니다. 수행단계가 낮은 스님들이 무애행을 함부로 흉내 내었다가는 땡중 소리나 듣고 깨달음을 얻는 공부에 방해가 될 뿐입니다.”

“깨달음이란 무엇입니까?”

“깨달음이란 가르치고 배우는 것이 아닙니다. 누구를 모방해서도 안 되고 오직 자신의 길을 옹골차게 용맹정진 때 가능합니다. 불교는 깨달음의 종교입니다. 깨달은 사람(佛)이 깨닫고자 하는 사람(僧 또는 菩薩)을 깨닫게 하는 가르침(法)이기 때문입니다. 깨달음은 단순한 지식의 획득이 아닙니다. 우리가 알고 있는 지식은 대부분 상대적이거나 불완전합니다. 그 지식으로 설명할 수 없는 새로운 현상이 나타나면 언제라도 정정하거나 폐기해야 합니다. 완벽한 지식이라 해도 특정 영역에만 적용될 뿐입니다.

부처님의 깨달음은 절대적인 진리에 대한 완전한 앎과 그 앎의 내면화를 완성한 것입니다. 따라서 시공을 초월해 변함이 없습니다. 앎과 실천의 불일치도 있을 수 없습니다. 깨달음은 지적 내용이 결여된 마음의 평정 상태와도 다릅니다. 동서고금을 막론하고 어지러운 마음을 가라앉히고자 하는 숱한 명상법이 개발되어 왔습니다. 그러나 무지 위에서 실행하는 명상은 흙탕물을 부어 흙탕물을 맑게 하려는 시도와 같습니다. 비록 시간이 지나 물결이 잔잔해져도

흙은 여전히 남아 있으며, 작은 돌멩이 하나를 던져도 이내 흙탕물이 되고 맙니다. 오직 깨달음과 같이 자신과 세계에 대한 바른 이해에서 자연스럽게 발현되는 평안만이 걸림 없는 대 자유를 누리게 됩니다."

"스님은 깨달음을 얻었습니까?"

"부처님은 보리수 밑에서 부드럽고 깨끗한 풀을 한 아름 얻어 깔고 앉으시어 '깨달음을 얻지 못하면 결코 이 자리에서 일어나지 않으리라.' 하신 후 6년 만에 득도(得道)하셨고 달마대사는 면벽(面壁) 9년 만에 깨달음을 얻으셨는데 어찌 보잘 것 없는 소승이 감히 깨달음을 얻을 수 있겠습니까? 다만 깨달음을 얻으려면 세상을 알아야 한다고 생각하여 이렇게 운수납자(雲水納子)로 구름같이 떠돌며 흐르는 물과 같이 여기저기 선방(禪房)을 옮겨 다니며 수도를 하고 있습니다."

"그러다 보면 외로움을 느끼지 않습니까?"

"소승도 인간인데 외로움을 왜 모르겠습니까? 중이 외로운 것은 혼자 떠돌아다니기 때문이지요. 다니다 보면 여관에 묵는 경우도 많습니다. 그때가 제일 외롭지요. 군중 속의 고독이란 말도 있지 않습니까? 유혹을 이겨내기도 힘들고요. 외롭다는 것은 가슴 저 밑바닥에 꿈틀거리는 슬픔이고 한(恨)입니다. 소승이 왜 불문에 귀의했겠어요? 다 사연이 있고 아픔이 있는 것이죠. 그러나 외로움과 결핍을 창조로 연결시킨 외톨이가 매우 많습니다. 스피노자, 갈릴레오, 뉴턴, 베토벤, 프로이드, 피카소, 아인슈타인에 이르기까지 그들은 외로움 앞에 우뚝 섰고 가장 외로운 순간에 세상을 깜짝 놀라게 한 위대한 창조물을 만들어 냈습니다. 외로움을 응시할 때 비로소 '깊이'와 '이해'가 생기는 법이고 외로움을 파고드는 과정에서 얻는 통찰력은 목표한 바를 이루는 데 큰 도움이 됩니다. 그래서 예로부터 고승은 인적이 없는 암자에서 수도를 하였습니다."

"불교에는 죽으면 개나 소, 돼지 등 네 발 달린 동물로 다시 태어난다는 윤회(輪廻)사상이 있는데 이것은 무엇입니까?"

유영빈이 심각하게 물어본다.

"윤회란 중생이 죽어서 그 업(業)에 따라서 다른 세계에 태어난다는 것입니다. 저지른 업에 따라 여섯 가지의 세상에 번갈아 태어나고 죽어간다는 육도윤회(六道輪廻)로, 간단히 말씀드리면 육체적 고통을 겪는 지옥도(地獄道), 굶주림에 시달리는 아귀도(餓鬼道), 개나 뱀 등으로 다시 태어나는 축생도(畜生道), 노여움에 가득 차 남의 잘못을 따지고 들추고 규탄하는 세상에 태어나는 아수라도(阿修羅道), 인간이 사는 인도(人道), 행복이 가득 찬 하늘 세계인 천도(天道)가 있습니다. 전생에 가장 나쁜 짓을 한 사람은 지옥도에서 고통을 겪고 선행을 하고 가장 착하게 산 사람은 천도에 올라가는 것입니다."

"사람은 왜 수명의 연장을 간절히 원할까요? 죽음에 대한 두려움일까요? 곧 죽음이 닥쳐올 것을 뻔히 아는데도 신체뿐만 아니라 마음까지도 황폐시킬 심폐소생술이나 공기호흡기 등 연명 치료를 원하는 것은 왜 그럴까요? 평소 오래 살고 싶지 않다고 큰 소리를 뻥뻥 치던 사람도 중병에 걸리면 더 살게 해 달라고 의사에게 매달리는 것은 무엇 때문일까요?"

유영빈이 물고 늘어진다.

"중생은 영원히 살 것처럼 살아갑니다. 머리로는 누구나 죽는다는 것을 잘 알고 있지만 내가 죽는다는 사실에 대해서는 마음으로 받아들이지 못합니다. 그래서 막상 죽음의 문턱에 이르렀을 때는 아직 죽을 준비가 되지 않았다며 죽음에 저항하는 것입니다. 미처 마무리 짓지 못한 일이 있어 그것을 끝내려면 시간이 좀 더 필요하다는 거죠. 어느 분야에서 성공한 사람이나 부를 축적한 사람은 자기의 능력이나 재산을 활용하여 더 많은 일을 하기 위해서 더 살기를 원합니다.

중생의 생은 죽음과 맞닿아 있습니다. 그럼에도 불구하고 중생은 죽음이라는 공포와 허무와 불안한 현상에서 도망치고 회피하려고 합니다. 인간은 죽을 수밖에 없는 유한한 존재라는 자연의 섭리를 받아들일 때 그리고 죽음이 언제 어느 때 우리를 찾아온다 해도 그동안 주어진 삶의 충만함에 깊이 감사할 줄 알아야 합니다. 죽기 전까지 살아온 삶으로 충분하다고 만족하지 못하면 존엄한 죽음이나 편안한 죽음을 맞이할 수 없습니다."

"제가 감히 한 말씀 올리죠. 얼마 전 타계한 IT계의 전설적인 존재이며 신화인 스티브 잡스의 죽음에 대한 성찰입니다. 그는 불교신자로 선(禪)에 심취되어 있었으며 췌장암에서 죽음의 고비를 넘긴 후 스탠포드 대학 졸업식에서 다음과 같은 연설을 하였다고 합니다."

〈죽음을 생각하는 것은 무엇을 잃을지도 모른다는 두려움에서 벗어나는 최고의 길이다. 아무도 죽길 원하지 않는다. 천국에 가고 싶다는 사람들조차도 죽어서까지 가고 싶어 하지 않는다. 그러나 여전히 죽음은 우리의 숙명이다. 아무도 피할 수는 없다. 언젠가 죽는다는 사실을 기억하라. 그러면 당신을 정말 잃을 게 없다. 죽음은 삶이 만든 최고의 발명품이다.〉

그러고 나서 다시 암이 재발하여 그로부터 6년 후에 세상을 떠났습니다.”

민지후가 한마디 하였다.

“사실 바라는 일을 모두 이루고 죽는 사람이 과연 있을까요? 각자 죽지 못할 나름의 이유를 대며 ‘지금은 죽을 수 없다’고 죽음 앞에서 아무리 항변해 보아도 소용없는 일이죠.

스님도 알다시피 저는 위암 환자입니다. 수술이 성공적으로 끝났는데 다시 재발했습니다. 언제 죽을지 모른다는 불안감을 떨쳐버릴 수 없습니다. 절에 들어오니 종교적 분위기에 젖어들게 되고 시간이 많으니까 죽음에 대하여 많은 생각을 하게 됩니다. 죽음에 대한 지나친 거부는 좋은 죽음의 기회를 잃게 만들 뿐이라는 생각이 들더군요. 물론 중병에 걸렸어도 위축되거나 희망을 포기하여 단념의 삶을 살아서는 안 되지요. 하지만 삶을 아름답게 마무리하려면 죽음이 실패도 불행도 아니라는 것을 깨닫고 삶의 완성으로 죽음을 받아들이는 것이 필요하다고 생각하게 되었습니다.”

유영빈이 처절하게 속내를 털어내 놓는다.

“죽음이 경제적 어려움이나, 질병의 고통이나, 마음의 상처 등 힘든 삶의 도피처가 되어서는 절대 안 됩니다. 죽음은 자연의 현상입니다. 태어났다는 것은 죽음을 전제로 하는 것입니다. 일찍 오느냐 늦게 오느냐의 차이일 뿐 우리는 살아가고 있는 것이 아니고 죽어가고 있는 중입니다. 각자 주어진 삶에서 사람답게 사는 게 중요한 것입니다. 죽음 앞에서 두려움 없이 편안할 수 있다면 그것이 성공한 인생이라고 생각합니다."

민지후는 평소 생각하던 사생관을 쏟아낸다.

"죽음에 대하여 끊임없이 사색하고 성찰해야 좋은 죽음을 맞이할 수 있습니다. 즉 꾸준한 자기 훈련과 자기 성장의 과정 없이 누구도 단번에 깨달음에 도달할 수는 없습니다. 영적 성장을 통한 영혼의 각성이 어찌 하루아침에 얻어질 수 있겠습니까? 삶 속에서 죽음의 사색을 놓지 않고 살아갈 때 비로소 좋은 삶을 살아갈 수 있을 뿐만 아니라 궁극적으로 아름다운 죽음의 기회를 얻을 수 있습니다.

죽음은 인생의 완성입니다. 죽음을 만날 때 태연히 죽을 수 있다는 것은 생사가 공포가 아닌 그것을 초월한 삶을 누렸다는 증거가 되기 때문입니다. 사람이 이 세상에 태어나서 어떻게 살다가 언제 어떻게 죽음을 맞이할지 알 수 있다면 얼마나 좋겠습니까? 그러나 이는 인간의 영역이 아니기에 이를 미리 아는 것은 불가능하다고 보아야 합니다. 유 거사도 의사의 말을 너무 믿지 마십시오."

법운의 말이다.

"좋은 말씀입니다. 누구나 삶이 끝나는 때를 알 수 없기 때문에 매 순간을 가장 소중한 시간으로 생각하며 살아가야 하겠지요. 그러나 병마에 시달리는 사람뿐만 아니라 건강한 사람도 죽음을 맞이하는 자세 등 죽음에 대한 준비도 생각해 보는 것이 좋지 않을까요? 죽음 준비는 당장 죽을 준비를 하라는 것이 아니고 언제, 어디서, 어떻게 다가올지 모르는 죽음에 대하여 생각하고 미리 준비를 해 두자는 것입니다. 준비된 죽음은 깨끗하며 인간의 존엄을 느끼게 해 주기 때문입니다."

민지후가 말을 받았다.

"구체적인 죽음의 준비는 어떻게 해야 합니까?"

유영빈이 진지하게 묻는다.

"나이가 들어도 재산 문제 등을 정리하지 않고 끝까지 발버둥 치느라 살아오며 생전에 쌓아 놓은 덕(德)을 다 망가뜨리고 마는 불안하고 불행한 죽음도 많습니다. 큰 의미에서 삶의 축소가 죽음의 준비입니다. 교통사고 등 사람은 언제 죽을지 모르지만 나이가 든 사람일수록 건강하다가도 심근경색, 협심증, 뇌졸중, 뇌출혈 등으로 갑자기 쓸어져 그 길로 세상을 떠나는 수가 많습니다. 나 죽으면 모든 게 끝나는데 무슨 상관이랴 생각한다면 할 말이 없지만, 이는 남아 있는 가족에게 큰 폐를 끼치게 되고 내보이고 싶지 않은 모습까지 다 보이게 될지도 모릅니다.

노년이 되면 당장 필요가 없는 물건은 언젠가 쓰일 때가 있겠지 하고 간직하지 말고 과감히 처분해야 합니다. 요즘같이 독거노인들이 많은 세태에서는 나를 대신해서 그 모든 것을 정리할 누군가에게 영원히 갚을 수 없는 신세를 지는 꼴이 됩니다. 그래서 일본에는 유품 정리 회사가 성업 중이라고 합니다. 집도 줄여야 하고 자잘한 소유물들에 대한 집착에서 벗어나, 책과 옷도 정리하여 필요한 사람에게 나눠주고 나에게는 소중하지만 유족에게까지 별의미가 없는 사진은 없애버리는 것이 좋습니다. 물론 전성기 때 받았던 각종 트로피나 상장도 아쉽지만 추억과 함께 과감히 버려야 합니다. 집착을 버리면 마음의 평화가 저절로 따라 옵니다.

그리고 중요한 것은 선산이 있으면 문제가 없지만 미리 공원묘지나 봉안묘 또는 납골당을 사두어야 합니다. 자식들은 부모 생전에 이를 준비해 두지 않기 때문에 변을 당하면 무척 당황하게 됩니다. 그리고 혹시 있을지도 모를 자녀간의 분쟁을 예방하기 위하여 반드시 유언장을 만들어 공증을 받아 놓아야 합니다. 유언장에는 장례식과 제사에 관해서도 의견을 말해두는 것도 생각해 볼 문제입니다. 물론 이것을 따르고 안 따르고는 자식들의 몫이라고 단서를 다는 것이 좋겠지요."

"스님께서는 별거를 다 생각하고 계시는 군요."

"아까도 말씀드렸지만 세상에 나오면 세상 법을 따라야지요. 그래서 운수납자로 여기저기 헤매는 것이며 수행자로 세상 사람이 물어왔을 때 답을 할 수 있습니다."

"장례식은 어떻게 하는 것이 좋습니까?"

"장례식은 소박하고 간단하게 하고 가족들 모두 너무 슬퍼하지 말고, 장례식에 참석한 이들도 모두 기쁜 마음으로 고인을 추억하고 그가 생전에 한 많은 일의 의미를 이야기하고, 의미 있는 한평생을 살다가 간 것을 칭찬하고 부러워하는 자리이어야 합니다. 죽음은 삶을 잘 꾸려온 사람을 기릴 수 있는 기회인 것을 간과해서는 안 됩니다."

법운이 답한다.

"스티브 잡스의 타계 2주 후에 열린 추모식은 축제 분위기 속에서 진행되었다고 합니다. 영국 출신의 록밴드 콜드플레이와 미국의 싱 어송라이터 노라 존스가 공연을 했고 행사 말미에는 미국의 싱어송 라이터 랜디 뉴먼의 노래 '유브 갓 프렌드 인 미(You've Got a Friend in Me)가 흘러나왔다고 합니다.

미국 루이지애나 주 뉴올리언스의 흑인 장례식은 악대의 연주에 맞추어 재즈를 부르며 치르고 있고, 우리나라에서도 진도지방에서 는 장례식을 노래를 부르고 춤을 추면서 치른다고 합니다. 구경하 는 사람들은 어깨춤을 덩실덩실 추고 풍물패 소리가 끊이지 않는다 고 들었습니다. 진도에서의 죽음은 슬픔에서 끝나지 않고 그 자체 가 축제요, 놀이인 것입니다. 물론 이것은 호상의 경우고 자녀나 젊 은 형제자매의 죽음은 그 슬픔의 농도가 엄청나게 다르겠지요. 자 녀나 젊은 형제자매의 죽음은 통곡과 절망의 마당일 수밖에 없을 것입니다."

민지후가 유식을 자랑한다.

"죽음은 떠나는 자에게나 남는 자에게나 슬픈 일입니다. 사랑하 는 사람을 더 이상 이 세상에서 만날 수 없다는 것은 생각만 해도 가슴이 찢어지는 일입니다. 더구나 아무런 준비도 없이 갑자기 맞는 죽음은 그 무엇보다도 비교할 수 없는 고통과 슬픔을 가져옵니다.

아무리 사람이 슬픔을 통해 성장하고 고통을 겪으며 성숙해진다 해도 아픔은 위로받고 치유 되어야 합니다. 불교는 사랑하는 사람을 잃고도 스스로 일어나는 힘을 기르게 합니다. 슬픔을 가슴속에 그대로 놔두는 것이 아니고 끄집어내서 발산시킴으로써 그 아픔의 시간을 잘 넘어서게 도와주는 것이 승려가 할 일입니다."

"사람은 누구나 죽고 우리는 항상 누군가를 떠나보냅니다. 이에 대하여 그간 수많은 시인들이 비탄에 젖어 혹은 고인의 공적을 기리며 시를 지었습니다. 삶의 연장선에 죽음이 있듯이 죽음은 삶의 일부입니다. 또한 우리가 생을 더욱 가치 있게 느끼는 것은 삶이 가지고 있는 유한성 때문이기도 합니다. 죽음을 두려움과 공포의 대상으로 인식하지 않고 삶의 일부이자 평안으로 바라보는 의식이 있어야 할 것입니다."

지후는 점점 죽음에 대하여 철학적으로 빠져들어 갔다.

삶의 마지막 국면에 어떻게 접근할 것인가? 삶이 유한하다는 사실을 받아들이는 법을 어떻게 배울 것인가? 우리가 죽어야 한다는 사실에 대한 분노를 어떻게 극복할 것인가? 절망감과 두려움에 어떻게 대처할 것인가?

흔히 소년에서, 청년으로, 중년으로 노년으로 옮겨가는 인생의 길을 봄, 여름, 가을, 겨울에 비유한다. 그런데 겨울이 지나면 봄이 오는 것은 자연의 이치인데 인생의 겨울 다음에도 봄은 오는 것일까.

만약 그렇다면 인생의 봄은 어디에 어떤 모습으로 존재하는 것일까. 그리스도교에는 부활(復活)과 연옥과 지옥(地獄)이 있고, 불교에서는 여섯 가지 모습으로 나타나는 윤회(輪廻)가 있다. 지옥도, 아귀도, 아수라도는 인간으로 온갖 고통을 겪는 것이고 축생도는 개, 돼지, 뱀 등 동물로 태어나는 것이다. 인도는 사람으로 태어나는 것이고 천도는 천당에 가는 것이다.

많은 사람들은 죽음 이후에는 삶이 존재하지 않는다고 믿는다. 그러기에 종교를 믿지 않는 사람이 그리스도교, 불교, 이슬람교 등 종교를 믿는 사람보다 많다. 삶은 죽음으로 끝나는 것이다. 그러나 반면 죽음 후에 삶이 찾아온다고 굳게 믿는 종교인도 많다. 이는 신념의 문제이며 인간이 알 수 없는 영역이다. 인간이 신의 존재를 인식할 수 없는데 어찌 사후세계를 알 수 있단 말인가? 많은 사람들이 관심을 가지고 있는 '자신이 어디에서 왔으며 어디로 가는지'에 대한 해답은 종교에서도 얻을 수 없다.

죽음이 별거냐, 죽으면 그뿐이지 아무것도 아니라는 태도는 생에 대한 자신감이 아니라 삶에 대한 진지함의 결여에서 나오는 아주 무책임한 얘기다. 이는 가족뿐만 아니라 사회에도 폐를 끼치는 생각이다. 사람을 비롯해 생명 있는 모든 것은 자신 안에 죽음을 잉태하고 있다. 한번 태어난 사람이 영원히 살고 아무도 죽지 않는다면, 생은 도대체 무슨 의미가 있으며 삶은 무엇으로 그 많은 날들을 설명할 수 있겠는가. 존재의 근원이 그러하므로 죽음은 다른 사람 아닌 바로 나의 일로 받아들여야 할 것이다.

'사는 것도 모르는데 어찌 죽음을 알 수 있겠는가'라고 공자도 죽음을 모른다고 했다. 그러나 우리는 앞서 세상을 떠난 사람의 경험과 기록을 통하여, 그리고 연구와 사색을 통해 죽음에 대하여 조금은 알 수 있다.

'죽음이 무엇인가?'라는 질문에 명쾌한 답변은 못할지라도 죽음을 어떻게 생각하고 받아들이는지, 자신에게 죽음은 무엇이며 어떤 의미를 지니는지 하나씩 깨달아가면서 죽음을 통해 비로소 삶을 제대로 알게 되는 역설을 체험하게 되는 것이다.

"아름다운 죽음은 과연 어떤 죽음이며 그것을 위해 무슨 노력을 해야 할까요?"

지후가 법운 스님에게 물어 보았다.

"사람에게는 누구나 고유한 삶이 있듯이 각자의 고유한 죽음이 있습니다. 누구나 아름다운 죽음을 원합니다. 눈앞의 것만 바라보며 하루하루 연명하는 삶은 생의 중요한 부분을 잃게 됩니다. 사람은 숨을 거두는 마지막 순간에 최고의 성장을 경험할 수도 있는 신비한 존재이므로 사색의 끈을 놓지 말아야 합니다. 인생에는 삶과 죽음이 동시에 존재하기 때문에 삶의 진정한 의미는 죽음과의 관계성에서 나옵니다.

죽음을 직접 경험할 수는 없습니다. 그 길은 가본 적이 없기에 늘 두렵고 미지의 세계로 남아 있습니다. 하지만 사람들이 어떻게 죽음에 이르며 마지막 순간에 어떤 감정과 어떤 모습으로 떠나는지를 아는 것만으로도 중생은 죽음에 대한 극단적인 공포와 불안 그리

고 거부감에서 좀 더 자유로워질 수 있습니다. 죽음을 생각하며 사
는 사람은 생을 가볍게 생각하지 않습니다. 제대로 된 죽음 준비는
아름다운 죽음은 물론 아름다운 생을 살도록 도와줍니다.”

5

낙엽은 모두 땅에 누워 앙상한 나뭇가지를 올려다보며 지난날의
화려했던 영광을 반추하던 어느 날 수아가 절에 왔다.

“당신 나한테 불만 있어?”

“무슨 소리야?”

“그럼 왜 집으로 들어오지 않고 절에 눌어붙어 있는 거야?”

“당신도 알잖아? 서울에 있으면 친구들이 불러내고 그러다보면
술을 먹게 되고 돈도 많이 쓰고.”

“그것뿐이야? 그 수선심인가 무언가 하는 여자 때문은 아니고?”

“내가 절구통에도 치마만 입히면 다 좋아하는 줄 아는 모양인데
남편을 그렇게 모욕해도 되는 거야?”

“지난번에 보니까 심상치 않던데. 당신은 예쁜 여자라면 뿅 가지
않아?”

“그건 내가 미(美)를 추구하다 보니까 그런 거지, 내가 언제 한 번
바람피운 적 있어?”

"그건 내가 철저히 감시를 해서 그런 거고, 여기서는 무슨 짓을 하는지 누가 알아?"

"짓이라니. 언제부터 당신 입이 이렇게 거칠어졌어?"

"솔직히 당신이 여기서 무엇을 할지 나는 불안해."

"부부 사이에 그런 신뢰도 없이 어떻게 결혼 생활을 유지해? 그건 의부증이야. 내가 부적절한 행동을 한다면 당신은 지금 나보다 더 많은 남자를 만나고 있는데 나는 어떻게 당신을 믿어?"

"그걸 말이라고 해? 내가 바람을 피운다니? 소도 웃을 얘기다."

"당신은 아직도 예뻐. 당신 나이에 당신만한 여자도 없어. 왕년에 미모를 자랑하던 여배우도 나이가 먹으니까 몰골이 형편없던데 당신은 아직도 얼굴에 빛이 나잖아? 더욱 귀티가 나고."

이 한마디에 진수아의 마음은 울컥해졌다. 얼마 만에 듣는 얘긴가. 여자에게, 특히 나이든 여자에게 예쁘다는 얘기는 다이아몬드 선물을 받는 것보다 더 가슴을 설레게 한다. 더구나 가장 소중한 사람으로부터 받는 이 한마디는 진수아의 마음을 녹이고도 남았다. 지금까지 얼마나 불안해했는가. 남편 주위에는 항상 아름다운 여자가 들끓었고 남편의 직업이 시인이다 보니 이를 말릴 수도 없었다. 사랑한다는 말은 들은 지 가물가물하고 이런 분위기를 만들지 않은 것은 수아의 책임도 컸다.

"당신도 얼굴이 좋아졌어."

"절에 있으니까 스트레스 받을 일도 없고 신경 쓸 일도 없으니 마음이 아주 편해. 술도 적게 먹게 되고."

"언제까지 있을 거야?"

"지금 하는 작업이 끝나면 들어갈게."

상대를 신뢰하지 않으면 사랑은 있을 수 없다. 신뢰가 없으면 의심하고 근심하게 되고 상대가 배신할까 항상 두려워한다. 한쪽은 근심 걱정을 하고 다른 한쪽은 얽매이는 느낌을 주게 된다. 신뢰는 모든 사랑의 본질적인 요소인 것이다. 상대를 신뢰할 수 있어야 할 뿐만 아니라 사랑 그 자체도 신뢰할 수 있어야 한다.

강민수가 찾아왔다. 희색이 만면하였다.

"뭐, 좋은 일 있어?"

"대단한 희소식이지. 재결합하기로 하였어."

"재주도 좋다. 어떻게 작업했는데?"

"그건 차차 얘기하고 결혼식을 올려야 하는데 이 나이에 예식장에서 하면 쪽 팔리고 안 하자니 너무 밋밋하고, 그래서 상의 끝에 절에서 하기로 했어. 마누라가 불교거든."

"그럼 부인이 다니는 절에서 하면 되잖아."

"마누라가 말만 불교지 대놓고 다니는 절은 없어. 그래서 당신이 있는 이 절에서 했으면 하는데."

"여기 용담사는 너무 협소하니 수덕사에서 하는 것이 어때? 그 절에 아는 스님이 있어. 유명한 스님이야. 주례를 맡아 달라고 부탁해 볼게."

강민수는 재결합을 위하여 갖은 노력을 하였다. 강민수가 원하지도 않은 이혼이었고 한수인에 대한 증오도 없었다. 한수인이 원해서 할 수 없이 한 이혼이었다. 돌이켜 보면 결혼 생활 30여 년 동안 마누라에게 해 준 것도 없고 이런저런 일로 마누라 속 썩인 일밖에 없었다. 오죽했으면 착하디착한 한수인이 이혼까지 결심했겠느냐 하는 자괴심마저 들었다.

한수인의 생일날 장미 한 아름을 보냈다. 한수인은 꽃을 좋아했고 특히 장미꽃을 좋아했다. 한수인이 자동차를 바꾸려고 한다는 얘기를 아들에게서 듣고 자동차를 사 주었다. 장인의 제삿날 과일을 사 들고 무작정 처갓집에 찾아 갔다. 강민수가 나타나자 한수인은 자기 아버지 제사인데도 제사를 지내지 않고 집으로 돌아가 버렸다. 그러나 강민수는 굴하지 않고 지극정성을 다 하였다. 손자 생일날 예고 없이 나타나 같이 식사도 하고 휴대전화에 지속적으로 건강을 염려한다는 등 문자를 보냈다. 열 번 찍어 안 넘어가는 나무 없다는 속담과 같이 드디어 한수인은 강민수와 커피숍에서 만났다.

"여보, 그 동안 내가 너무 잘못했어. 무조건 사죄할게. 솔직히 나는 할 말이 없어. 그러니 제발 다시 합칩시다."

"나는 당신과 결혼 생활을 하면서 잠시라도 행복한 적이 없었어요. 당신이 나를 진정으로 사랑하기나 했어요? 따뜻한 말 한마디한 적이 있어요? 지금 혼자 사니 한없이 편안해요. 하루가 다 내 시간이고 누구 하나 간섭하는 사람 없고 내가 하고 싶은 일을 마음대로 할 수 있으니 얼마나 좋은지 모르겠어요."

"내가 원래 표현력이 부족해서 그렇지, 당신을 얼마나 사랑했는지 모를 거야? 요즈음은 밤에 자다가 당신이 옆에 있어 껴안고 키스를 하다가 깨면 꿈이야. 얼마나 허망한지 몰라. 이것이 한두 번이 아니야. 지금도 그런 꿈을 계속 꿔. 당신이 내 곁에 있을 때는 몰랐는데 당신의 빈자리가 이렇게 큰지 몰랐어. 나는 당신 없이는 못 살아. 나는 당신을 너무 믿었어. 내가 무슨 짓을 해도 절대로 당신이 나를 배신하지 않을 것이라고 믿은 거지. 내가 바보였어. 여자의 마음을 몰라도 너무 모른 거지. 기회를 준다면 이제는 정말 잘할게."

"어떻게 잘해줄 건데?"

"우선 물질적으로 경제권을 당신에게 전적으로 이양할게. 돈은 전부 당신이 관리하고 나는 당신한테 용돈을 얻어 쓰며 생활할게. 돈만 통제하면 나의 행동반경은 당신이 전부 알 수 있지 않아? 당신이 돈을 주지 않으면 친구도 만날 수 없고 술도 마실 수 없고 골프는 언감생심이지. 그리고 청소와 세탁은 내가 하고 밥도 내가 알아서 해 먹을 테니까 당신은 마음 놓고 외출하라고. 결혼 생활 30여 년간 당신이 나한테 매여 살았던 만큼 이제 내가 당신에게 매여 살게. 이제 나의 인생은 당신의 인생이야. 이렇게 혼자 사느니 당신의 노예가 되는 것이 낫다고 생각했어. 나 정말 반성 많이 했어. 인생이 별거야? 세상에 벼리별 사람이 많은데 여자에게 종속되어 노년을 보내는 것도 나쁘지는 않다고 생각해. 최소한도 밥은 굶기지 않을 거 아닌가. 노숙자로 무료 급식소에서 밥을 얻어먹는 인생보다는 훨씬 행복한 거지."

"진즉에 그랬으면 얼마나 좋아."

한수인은 손수건을 꺼내 눈물을 닦는다.

"우리도 한때 얼마나 열렬하게 사랑을 했어? 친구들이 다 부러워하던 커플이었지 않아? 저녁을 먹고 삼청공원으로 사직공원으로 밀행을 하던 때를 생각해 봐. 공원 단속원에게 걸려 곤욕을 치른 적도 한두 번이 아니었지. 명동의 데아트르에서 연극 구경하고 앞도 안 보이는 남대문 흥국생명 지하맥주집에서 맥주를 마시고 아스토리아호텔 '문라이트'에서 위키리 쇼와 덕수궁이 내려다보이는 산토스에서 양식을 먹고 무교동 세시봉에서 라이브 음악을 즐기고 하던 때가 생각나지 않아?"

"그러던 당신이 결혼하더니 얼마나 변했는지 알아? 마치 나를 식모 취급하고 자기가 하고 싶은 것 마음대로 하고 내가 어쩌다가 한마디 하면 여자가 재수 없게 어쩌니 저쩌니 하며 무시하는 게 다반사였지 않아? 정말 아이만 없었으면 진즉에 이혼했어. 나의 질곡(桎梏)의 세월은 당신은 상상도 못 할 거야. 당신이 늦게 귀가할 때 내 베갯잇은 눈물로 범벅이 되었어."

"할 말 없어. 변명의 여지도 없고. 하지만 나는 당신이 그 정도로 마음의 상처를 받았는지는 정말 몰랐어."

"내가 당신한테 제일 환멸을 느낀 때가 언젠지 알아?"

"환멸까지나……."

"친구들 부부하고 중국 여행 갔을 때 당신은 담배 피운다고 밖으로 나가고 나 혼자 짐을 찾아 낑낑대며 버스에 실을 때었어. 당신

친구들은 모두 짐을 남자들이 운반하는데 나만 여자가 짐을 나르
니까 당신 친구 한 분이 안쓰러운지 도와주었어.

그때 얼마나 창피한지 울고 싶었어. 여행 내내 당신은 나에 대한
배려 없이 당신 멋대로 이었어. 당장 귀국하고 싶더라고. 당신은 나
를 여자로 대해 주지 않았어. 마치 조선시대 여필종부(女必從夫)처럼
나는 당연히 당신을 시중드는 여인 정도로 생각한 거야. 그러니 내
마음에 맺히고 쌓인 미움과 원망이 하늘을 찌를 듯했어. 그러던 차
에 당신한테 뺨까지 맞으니 더 이상 당신과 살 수가 없더라고. 오늘
여기 나온 것만 해도 당신이 그간 하도 지극 정성을 해서 한 번 얘
기는 들어 주어야 하지 않겠느냐 해서 나온 거야.”

“내 진심은 다 얘기했고 당신이 원하는 것은 모두 들어줄게. 사랑
이야말로 내 삶에 의미를 부여하고, 내가 인생을 살 만한 가치가 있
다는 것을 깨달았어.”

한동안 말이 없던 한수인이 어렵게 얘기를 꺼낸다.

“사랑에서 제일 중요한 것이 무엇인지 아세요?

“뭐지?”

“상대방을 존중하는 거예요. 존중하는 마음이 없다면 사랑도 없
는 거예요. 이 세상 모든 사람은 잘났거나 못났거나 누구나 귀중한
존재예요. 존중해 주어야 할 가치가 있는 존재라는 거죠. 당신은 이
기본을 망각하고 결혼 생활을 한 거예요.”

“맞아. 나는 그동안 당신을 너무 존중해 주지 않았어. 배려를 베
풀지 않은 거지.”

“누군가의 사랑을 받고 싶다면 먼저 상대방에게 사랑을 주는 것인데 당신은 내가 아무리 사랑을 주려고 노력을 해도 사랑을 받아주지 않았어요.”

“무슨 소린지 모르겠네. 실제 사례를 들어줄 수 있어?”

“물론이에요. 보통 부부의 경우에 남편이 퇴근하면 주부는 미소로 맞이하지요. 그러면 남편은 어떤 반응을 보일 것 같아요?”

“매일 보는 마누란데 반응은 무슨 반응? 그저 무덤덤하겠지.”

“당신은 그랬어요. 물론 전부는 아니겠지만 보통은 주부가 남편을 미소로 맞이하면 남편도 미소로 답하죠. 그게 정상이에요. 사랑은 부메랑 같은 것이라서 항상 되돌아와요.”

“그랬어. 나는 결혼 생활 내내 당신에게 내가 바라는 것에 대해서만 생각했지, 당신에게 줄 것에 대해서는 배려하지 않았어.”

“찡그리는 것보다는 미소를 짓는 것이 훨씬 쉽고, 비난하는 것보다는 다정하고 부드러운 말을 하는 것이 훨씬 힘이 덜 들어요. 당신은 부부애를 베풀고 싶어 하지 않았고 받으려고만 했어요. 물론 사랑은 무조건적이며 어떤 보답도 요구하지 않아야 된다는 것은 알고 있어요. 그런데 그게 쉬운 일이에요? 내가 성인군자도 아니고 쌓이고 쌓인 불만이 점점 커져가고 마음속으로 곪아 터진 거죠.”

“나는 그 정도인 줄은 몰랐어.”

“당신은 나의 외모만 보고 결혼했지 공통의 믿음, 공통의 관심, 공통의 목표를 이루는 데는 전혀 노력을 기울이지 않았어요. 미모는 덧없는 것이어서 세월이 가면 시들어 버리는데 믿음과 관심 그리고 목표가 다르다면 어떻게 결혼 생활이 유지되겠어요? 더구나 손찌검까지 하는 남편하고 어떻게 살 수 있어요?"

"나는 당신도 알다시피 당신이 나를 위해 해 준 일에 대해 고맙다는 말을 못 했어. 나는 내 감정을 말로 잘 표현을 못 하잖아. 스스로 강한 남자라고 자부하면서 용기가 없어 말을 못 한 거지, 굳이 말로는 표현하지 않았어도 마음속으로는 항상 당신에게 고마워하고 있었어."

"그걸 내가 어떻게 알아요? '고마워'라든지, '사랑해'라는 말을 듣는 것이 얼마나 중요한지 당신은 절대로 모르는 사람이에요. 여자에게는 사랑한다는 말 한마디가 모든 것을 녹일 수 있어요. 당신은 식사할 때조차도 대화를 하려고 하지 않았고 식사가 끝나면 거실에서 TV를 보다가 잠자리에 들곤 했어요. 대화가 거의 없었던 거죠. 이게 부부라고 할 수 있어요?"

"그건 내가 원래 그런 사람이기 때문이야. 무뚝뚝해서 그렇지 본심은 그게 아니잖아."

"미국 부부들은 하루에 최소한도 세 번 이상은 남편이 부인한테 사랑한다는 말을 해야 된다고 해요. 출근할 때 한 번, 회사에서 전화로 한 번, 퇴근해서 한 번씩 세 번 이상은 사랑한다고 얘기하고 수시로 뽀뽀를 해 주어야 하는데 미국 여자하고 결혼한 한국 남자는 이것을 못해서 결국은 이혼하는 예가 많다고 들었어요."

"나도 해 줄게."

"각서를 쓰세요."

“어떻게?”

“지금까지 당신이 얘기한 대로 적어요. 경제권 이양, 가사도우미 등이요.”

“예당저수지에 어죽 먹으러 가지 않겠습니까? 그 근방에 이종사촌 형님이 사시는데 영양 보충을 하라고 하네요.”

“좋습니다. 저도 덕분에 호강 좀 하지요. 그런데 거기에 어죽 잘하는 집이 있습니까?”

“예당저수지 어죽은 전국적으로 유명합니다. 예당저수지는 예산군 대흥면과 응봉면 사이에 있는 저수지로 예산·당진 일대의 홍문평야를 관개하기 위하여 1929년에 착공하여 8·15 광복 전후에는 중단되었다가 35년만인 1964년에 완공된 국내 최대의 저수지입니다.”

“크기가 얼마나 됩니까?”

“면적이 약 9.9㎢, 둘레가 40km, 너비가 2km, 길이가 8km입니다. 대흥면은 예당저수지를 동서로 품고 있는데 황토밭 사과와 민물어죽이 유명합니다.”

“어떻게 그렇게 잘 아십니까?”

“제 고향이 여기서 멀지 않은 평택이고 마누라가 미국으로 도망가고 실의에 빠져 있을 때 절에 들어오기 전까지 여기서 낚시로 소일하고 있었습니다.”

“그런데 거기 어죽이 왜 유명하지요?”

“일제강점기 시절 저수지 공사가 한창일 때 식량이 부족하던 인

부들이 지역 주민이 즐겨 먹던 어죽의 조리법을 배워 주린 배를 채
웠는데 그 맛이 너무도 좋아 예당어죽이 입소문을 타고 전국으로
퍼져나가 어죽의 원조가 되었다고 합니다. 원조라 불리는 것은 그
만큼 역사가 오래됐기 때문이죠."

"어떻게 만듭니까?"

"붕어 등 물가에서 흔히 잡을 수 있는 다양한 물고기를 고아 만
든 국물에 물고기의 살을 갈아 넣고 밥이나 생쌀, 국수, 수제비 등
을 넣고 끓이는데 단백질이 높고 칼슘과 무기질이 어우러져 원기를
북돋기에 딱 좋은 음식이라고 합니다."

"예당저수지에는 낚시꾼이 많이 몰려오겠군요."

"상류의 집수 면적이 넓어 담수어의 먹이가 풍부하게 흘러들어와
붕어, 잉어 등이 잘 자라 오래전부터 낚시터로 유명한데 연간 약 10
만 명의 낚시꾼이 몰려든다고 합니다. 그리고 잉어, 뱀장어 양식장
도 있습니다."

한 폭의 거대한 수묵화를 펼쳐 놓은 듯한 호수와 산과 하늘의 아
름다운 풍광을 즐기며 이런저런 얘기를 하면서 오다 보니 목적지에
도착하였다. 채 한 시간도 안 되는 거리였다.

"어, 당신이 웬일이야?"

민지후가 깜짝 놀라 오인석의 손을 잡았다. 유영빈의 이종(姨從)인
오인석은 민지후의 고등학교 동기였다. 그는 대학 재학 중에 군대를
갔고 무역회사에 취직하여 주로 해외에서 근무했기 때문에 그동안

왕래가 거의 없었다.

"정말 반갑다. 동창회도 나가고 했어야 하는데 소식을 하도 오래 끊고 살다 보니까 불쑥 나타나기도 쑥스러워서 이렇게 된 거야."

"앞으론 연락하고 살자. 동창회 총무한테도 얘기해 놓을 테니까. 그건 그렇고 해외에서만 살던 네가 어떻게 이런 한적한 시골에서 사는 거야?"

"실은 여기가 내 고향이야. 어렸을 때 우리 형제들 공부시킨다고 선친께서 농토를 모두 처분하시고 상경하신 거지. 이곳이 슬로시티로 지정되었다는 얘기를 듣고 은퇴도 했겠다, 여기로 귀농한 셈이지. 얘기하면 좀 긴데 슬로시티란 말 들어 봤어?"

"응, 나도 명색이 시인인데 그걸 모를 리가 있나. 2007년 12월에 아시아에서는 우리나라가 최초로 완도군의 청산도, 신안군의 증도, 담양군의 삼지대 마을, 장흥군의 반월마을 등 네 곳이 슬로시티로 지정되었다는 신문 기사를 보고 청산도를 여행한 적이 있어. 청산도는 우리나라 영화사상 불후의 명작인 임권택 감독의 〈서편제〉에서 유봉일이 의붓딸 송화(오정해 분)와 춤을 추면서 판소리를 5분 20초에 걸쳐 부르는 장면을 찍은 황톳길이 있는 곳이 아닌가? 봄에 갔는데 노란 유채꽃 물결 사이로 이어지는 누런 황톳길, 아스라이 들려오는 흥겨운 노랫가락이 지금도 귀에 들리는 듯해. 청산도는 다른 시골에서는 이미 사라진 지게 지고 가는 농부, 초가삼간 오막살이, 초분, 식량 증산을 위해 만든 구들장 논, 다랭이 논 등 향토색 짙은 정취가 그대로 남아 있더군. 이 섬은 '느림의 미학'을 보여 주는 곳으로 유명한데 퍽 시골스런 풍광에 깨끗한 공기와 한적한 분위기가 그 옛날의 향수를 불러 일으켜 주었어. 구들장 논은 구들을 깔 듯 논바닥에 돌을 깔고 그 위에 흙을 쌓아 만든 논으로 해산물은 풍부했으나 논이 없어 쌀이 귀했던 시절에 흙이 부족한 섬마을 사람들이 한 줌의 흙마저 아껴 농사를 짓기 위한 수단이었다고 하더군. 그들에게는 가난과 배고픔을 이기려는 삶의 지혜였지만 이제는 스쳐가는 여행객에게 그저 아름답고 전설 어린 풍경이 되었지.”

“그 뒤 2009년에 박경리의 소설 『토지』로 유명한 하동 평사리와 함께 이곳 대흥면도 슬로시티로 인증을 받았어. 대흥면은 자연환경, 전통문화, 지역공동체 분야에서 높은 점수를 받아서 슬로시티로 지정 받은 거야. 여기는 추사 김정희의 옛집이 인근에 있고 500년 된 향교가 그대로 남아 있어. 그리고 예당저수지의 빼어난 풍광과 자연 생태계를 간직하고 있기 때문이지.”

오인석이 설명한다.

“형님, 아까부터 슬로시티, 슬로시티(Slow City) 하시는데 슬로시티가 무엇입니까?”

“슬로시티는 1997년 이탈리아의 몇몇 시장들이 모여 위협 받는 ‘달콤한 인생’의 미래를 염려하여 출발한 운동인데, 삶의 방식을 모두 ‘느리게’로 바꾸어 맥도날드와 같은 패스트푸드가 자신들의 마을에 들어오는 것을 막고 지역의 전통적이고 다양한 식생활문화인 슬로푸드 즉 ‘느리게 먹기’를 지키려는 운동에서 시작했어. ‘느리게 살기’와 ‘느리게 먹기’가 중심 운동이지. 슬로시티 운동은 인간 사회의 진정한 발전과 오래 갈 미래를 위한 두 가지 자연과 전통문화를 보호하면서 지속 가능한 발전을 추구하고 주민의 삶의 질을 향상시켜 진짜 사람이 사는 따뜻한 사회와 행복한 세상을 만드는 거야. 슬로시티 운동을 벌인 후 이탈리아 그 소도시들은 자연이 가진 찬란함은 더욱 빛을 발하기 시작했고 사람들의 얼굴에는 미소가 피어오르기 시작했다는 거야. 느리게 먹고 느리게 살기 운동으로 시작된 슬로시티는 지역사회의 공동체정신을 이어가는 느림의 철학이야."

"우리는 사실 그동안 너무 바쁘게 살아왔어. 세계역사상 유례가 없는 초고속 경제발전의 주역을 맡으면서 우리는 '빨리빨리'의 문화 속에서 청춘을 불살랐지. 항상 격무에 시달렸고 산더미같이 쌓인 일거리에 치어 야근을 밥 먹듯 했지."

민지후가 회고하였다.

"시간은 돈이었어. 수출 납기를 지켜야 했고 기일 내에 건설 공사를 끝내야 했지. '빨리빨리'는 단순한 신용 차원을 넘어 원가 절감의 가장 빠른 수단이었지. 이러한 물결을 타고 '빨리빨리'는 개인의 능력을 평가하는 데 가장 중요한 요소였고 업무의 질은 그 다음이었이."

오인석이 옛일을 되새긴다.

"농경사회에서는 '빨리빨리'는 '얼렁뚱땅'으로 하대 받았지. 농사를 짓는 데 아무리 빨리빨리 애쓴다 해도 곡식이나 과일이 빨리 익는 것이 아니지 않나? 원래 우리 민족은 성질이 급한 민족이 아니었지. 우리 민족의 특성을 말할 때 '은근과 끈기'를 꼽지 않는가? 아마 우리 민족이 수렵민족이었고 전쟁을 좋아하는 민족이었다면 기민하고 순발력 좋은 소위 속전속결이 덕목이었을 것이야. 그러나 우리 민족은 1천여 번의 크고 작은 외침을 당하고도 세종대왕 집권 시대마도 원정과 압록강 넘어 여진족을 물리친 것 외에는 밖으로 나가 전쟁을 일으킨 적이 없었다는 거야. 그나마도 왜구가 하도 노략질을 하고 여진족이 약탈을 했기 때문이었지. 월남 파병이나 이락, 아프가니스탄은 그 의미가 좀 다르지.

'은근과 끈기'로 그저 한(恨)을 품고 참으며 기다리고 기다린 것이 우리 민족이었는데, 모든 사물은 누르고 누르면 어느 순간 터지듯이 반만 년을 참아온 민족혼이 1960년대를 맞이하여 대폭발을 한 것이야. 그래서 지금까지도 한국이라면 '빨리빨리'로 유명하지 않은가?

그러나 이제는 '느리게 느리게' 살아야 하는 때가 온 거야. 사회 전체뿐만 아니라 세대 전체가 '빨리빨리'의 속도전 개념을 버리고 '느리게 사는 지혜'를 터득하여 내적 충실과 질의 향상을 덕목으로 해야 할 때가 온 것이지. 우리야 이제 사회의 주역에서 한 발짝 뒤로 물러서 있으니 서둘 일도 없지만 옛 어른들의 지혜를 젊은 사람에게 전수해야 할 의무가 있어."

민지후가 말을 받았다.

"자본주의 3.0까지는 시간이 돈이었습니다. 많이 일하는 사람은 많이 벌고 몸을 바쳐 열심히 일하는 사람은 그 대가를 받았습니다. 그러나 자본주의 4.0에 들어선 21세기는 지식의 정보화로 개인의 능력은 무한하고 다양해져서 빨리빨리 일을 처리하는 것이 중요하지 않게 되었습니다. 한 사람이 능력에 따라 수백 명의 일을 할 수 있는 시대가 온 것이지요. 자본주의 4.0에서는 창의력이 가장 중요합니다. 창의력은 서두른다고 창출되는 것은 아닙니다. '천천히 천천히' '느르게 느리게' 아이디어를 창출해 내야 합니다. 이를 위하여 개인의 취향을 즐기고 휴가와 휴식이 필요하다고 생각합니다. 밤을 새서 일을 한다 하여 스티브 잡스나 빌 게이츠가 나오는 것은 아닙니다."

유영빈이 열변을 토한다.

"나는 나이가 들어서인지 매사에 대응하는 것이 느려지고 있다는 느낌이 들어. 프랑스 작가 피에르 쌍소는 그의 저서 『느리게 산다는 것의 의미』에서 느림은 부드럽고, 우아하고, 배려 깊은 삶의 방식이라고 했어.

느림은 나만의 리듬에 맞추어 내 팔자 또는 운명에 맞추어 조용히 나의 길을 가는 것이라고 말하고 있지. 쌍소는 느린 사람은 매사에 동작이 굼뜬데다가 좀 둔하고 서툴러서 평판이 좋지 못한데, 현대인은 머리회전이나 동작이 느린 사람보다는 민첩하고 빠릿빠릿한 사람을 더 좋아 한다고 말하고 있어.

그러나 쌍소는 굽이굽이 돌아가며 천천히 흐르는 강의 한가로움에 말할 수 없는 애정을 느낀다고 하더군. 마치 강원도 동강이나 하회마을을 끼고 도는 낙동강처럼 말이야. 시간의 흐름에 따라 얼굴이 고귀하고, 선한 삶의 흔적을 조금씩 그려가는 사람들을 보면서 감동에 젖는다고 쓰여 있더군."

지후가 말했다.

"좋은 얘기군. 그게 다야?"

"더 있지. 수백 년이 넘는 아름드리나무들, 그들은 수세기를 이어 내려오면서 천천히 자신들의 운명을 완성해 가는데, 그것은 영원에 가까운 느림이라고 했더군. 느림은 개인의 성격문제가 아니고 삶의 선택에 관한 문제라는 거야. 즉 어느 한 기간을 정해 놓고서 그 안에 모든 것을 처리하려고 서두르지 않아도 되고 시간에 쫓기지 않아도 되는 그런 삶을 선택할 수 있다는 거지."

"자, 우리 밥 먹으러 갑시다. 저수지를 마주보는 곳에 어죽 잘하는 집이 있어."

오인석이 일행과 함께 걸어서 예당저수지로 갔다. 해가 뉘엿뉘엿 지고 있었다.

"예당저수지의 석양은 일품이군. 정말 아름다워. 지는 해를 바라다보며 지나온 인생을 되 돌이켜 보면 만감이 오고가지 않는가? 서서히 그리고 찬란히 사라져 가는 석양의 의미를 음미해 보노라면 꽃은 질 때도 아름다워야 한다고 생각해. 단풍잎은 가을이 되어 떨어 질 때가 가장 아름답지 않은가? 꽃은 필 때도 아름답지만 질 때도 아름다워야 한다고 생각해. 인생도 마찬가지라고 생각해. 일출은 용솟음치며 순식간에 중천에 떠오르지만 석양은 잔잔히 흐르는 파도에 황금빛 물결을 안겨주며 아주 천천히 사라져 가고 있지 않은가? 스러져 가되 뒷모습이 아름다우며 쥘 듯 말듯 여운을 남기며 어둠은 서서히 드리운단 말이야."

민지후가 감회에 젖어 한마디 한다.

"좋은 말이야. 행복하고 평화롭고 느긋하게 한 발 뒤로 물러서서 자연스럽게 인생이 흘러가는 것을 음미해야지. 한번 짬을 내서 고요한 곳에 홀로 있으면서 적게 먹고 몸과 말과 뜻을 억제하며 진정 가치 있는 인생과 진리에 대하여 명상에 잠겨 보면 어떨까?

정신없이 달려가지 말고 잠시 멈추어 우리가 인생에서 원하는 일을 할 수 있는 시간이 얼마나 남았는지 생각해 보아야 해. 등산을 가더라도 천천히 자연의 풍경을 즐기고 새 소리를 들으며 뭉게구름이 만들어 내는 환상적인 그림을 즐겨보는 것도 의미가 있을 것이야.

많은 사람들이 살아가는 방식이 꼭 좋은 것은 아니야. 이제 우리는 다른 사람들이 살아가면서 무엇을 하고 있는지 신경을 쓰지 않아도 되는 나이가 되었어. 속도를 늦추어 살아가며 자신을 더 알아가고 진정한 삶을 위해 무엇을 해야 하나 생각해 보아야 할 거야."

"오 사장은 농사도 짓나?"

"땅을 천여 평 사서 집도 짓고 농사도 짓지. 이곳은 외진 곳이라서 땅값이 싸. 민 시인도 생각 있으면 전원주택을 짓고 헨리 데이비드 소로의 『월든』처럼 여기서 노후를 보내는 것이 어때? 정착하는 것은 내가 도와줄게."

"나야 농사일을 전혀 모르는데?"

"꼭 농사를 짓지 않아도 좋아. 하지만 여기는 귀농을 교육하는 프로그램이 있어서 푸성귀, 옥수수, 감자 등 시기에 맞는 작물을 파종해서 수확까지 해 볼 수 있는 체험을 할 수 있어. 귀농 예비학교인 셈이지."

"오 사장도 이 귀농 체험 교육을 받았어?"

"아니, 나는 어린 시절 아버지를 도와 농사일을 거들어 드렸기 때문에 농사에 그렇게 서툴지는 않아. 대강은 알고 있지. 그리고 귀농을 하면 제일 중요한 것이 마을 주민하고 소통이 되어야 하는데 이곳에는 아직 친척들이 살고 있기 때문에 별 애로가 없어. 마을회관에서 동네 분들하고도 자주 어울리지.

여기 대흥면에는 매달 둘째 주 토요일에 전통장이 열리는데 마을 주민이 직접 지은 농산물만 거래하고 안전하고 건강한 제철 농산물을 산지 가격으로 살 수 있지. 나는 생계형 농부가 아니니까 수확물을 주로 마을회관에 기부하는데 내가 장터에 나가 직접 팔기도 해. 애로는 값을 막 깎아 주고 싶은데 주민에게 피해가 가기 때문에 눈치를 보는 일이야. 장사도 재미있어. 한 번 해 볼만 해."

"오일장 얘기는 들어 봤는데 한 달에 한번 열리는 장은 금시초문인데?"

"과거 대흥 장은 중부권 교통의 요충지인 예산의 대표적인 전통장으로 전국 각지에서 보부상(褓負商)이 몰려오는 융성했던 장터 중의 하나였어. 예당저수지가 생기면서 전통의 맥이 끊겼던 대흥 장은 슬로시티로 지정되면서 작년에 약 40여 년 만에 재개된 것이지. 또 장터에는 대흥 주민들의 손맛을 볼 수 있는 슬로푸드 먹을거리도 먹을 수 있어."

"대흥면은 인구가 얼마나 되나?"

"약 2천 명인데 희한하게 남녀 구성비가 거의 똑같아. 남자가 꼭 아홉 명이 많아. 가구는 9백개 정도고. 거의 대부분 노부부만 사는 셈이야."

이런 저런 얘기를 하다 보니 밤이 깊었다.

"밤도 늦었으니 여기서 자고 가게나."

"부인이 불편해 할 텐데."

"마누라는 서울에 있어. 처음에는 여기 와서 공기도 좋고 신경 쓸 일도 없어 좋다고 하더니 모기, 파리가 득실대고 심심해서 못 견디겠대. 가끔 한번 와서 살림을 정리해 주는 정도야."

"그래, 떨어져 사니까 어떤가?"

"세상 편해. 사실 마누라하고 사이가 별로 좋지 않았었어. 성격 차이라든가 기본적인 문제는 없는데 퇴직하고 나서 하루 종일 집에만 붙어 있으니까 사소한 문제로 토닥거리고 그게 발전하면 큰 싸움이 일어나곤 했어. 젊었을 때는 금방 화해가 되었는데 늙으니까 마음이 잘 풀려지지 않아. 그런데 이렇게 떨어져 살며 한 달에 한두 번 만나니까 사소한 일로 서로 부딪칠 일도 없고 오랜만에 만나면 서로 반가워져. 밥, 빨래, 청소가 문제인데 이것은 별로 힘들지 않고 나는 요리에 취미가 있어 반찬은 별 걱정 없어. 채소, 고추, 감자 등 반찬거리는 내가 직접 키우니 얼마든지 있지 않은가? 노년이 되면 노염을 잘 타서 자질구레한 일로 서로 화를 잘 내는데 이렇게 떨어져 있는 것도 괜찮아."

집은 크지는 않았지만 외국 생활을 오래한 주부의 감각으로 인테리어가 잘 꾸며져 있었다.

"아침 먹고 운동 좀 하세. 여기도 제주 올레 길처럼 슬로시티답게 '느린 꼬부랑길'이 조성되어 있는데 세 코스가 있어. 오늘은 1코스를 걸을 건데 약 5km야. 소요 시간은 90분 정도지. 이 코스는 '옛이야기 길'이라고 이름 붙였는데 백제 때 만든 임존성 등산로로 이어지는 봉수산 중턱까지 다다르는 코스로 정다운 다랭이 논과 울창한 숲길 속을 지나는 길이야. 동화에도 있지만 상중리를 오가며 볏짚을 날랐다는 '의 좋은 형제'인 이성만과 이순이 살았다는 '이상만 형제길', 예당저수지와 관록재(다랭이 논두렁길)들의 풍경이 시원스레 펼쳐지는 '관록재길', 임존성의 백제 부흥군을 위해 보급품을 날랐던 '임존성길', 쭉쭉 뻗은 푸른 소나무가 군락을 이루고 있는 '봉수산 소나무 숲길', 백제 부흥을 꿈꿨던 유민들의 한과 넋을 기리는 '백제 부흥의 길' 그리고 봄볕 가득한 날 화사한 벚꽃의 아름다움을 만날 수 있는 '벚꽃길' 등 여섯 길이 있어."

"의 좋은 형제는 누구입니까?"

유영빈이 물어본다.

"공부 잘한 네가 그걸 모르다니. 너는 국어 공부는 별로였던 모양이구나. 하하하. '의 좋은 형제' 얘기는 1956년부터 2000년까지 초등학교 교과서에 실렸던 동화야. 세종대왕 때 이 마을에서 살았던 실존 인물이야. 단순한 우화로 전해오던 이 미담이 조선조 때 백성들

에게 귀감이 되라고 세웠던 우애비가 발견되면서 역사의 조명을 받
은 거지. 그 얘기는 다음과 같아."

옛날 어느 시골에 형제가 의좋게 살고 있었어.

형제는 같은 논에 벼를 심어서, 부지런히 김을 매고 거름을 주어
잘 가꾸었지. 벼는 무럭무럭 자라서, 가을이 되자 곧 베어들이게 되
었어.

"형님, 벼가 잘 되었지요. 이렇게 잘 여물었어요."

"참 잘 되었다. 인제 곧 베어야 할 거야."

누렇게 익은 논을 바라보며 형제는 기뻐하였어.

이튿날 이른 아침부터, 형제는 벼를 베기 시작했지.

"형님은 동쪽에서 베어 오셔요. 저는 서쪽에서 베어 갈 테니."

"그래라, 누가 더 많이 베나 내기를 할까?"

형제는 부지런히 벼를 베었어. 뜨거운 해가 쨍쨍 내려 쬐었어. 형
제는 온통 땀에 젖었지만, 쉬지 않고 열심히 베어 나갔지.

넓은 논도 어느 덧 다 베어, 훤한 벌판이 되어 버렸어.

"자, 누가 많이 베었나, 한 군데 쌓아 보자."

형제는 자기가 벤 벼를 각각 쌓기 시작하였어. 형님은 동쪽에 커
다란 낟가리가 되게 벼를 쌓았지. 동생은 서쪽에 높다랗게 쌓았어.

"누가 많이 베었을까?"

서로 대보았지만, 둘이 똑같았어.

형제는 서로 한 더미씩 의좋게 나누어 가지기로 하였지.

그날 밤, 동생은 저녁을 먹고 나서 문득 생각했어.

"오늘은 벼를 형님과 똑같이 나누어 가졌지만, 잘 생각해 보니 암만해도 안 됐어. 형님 댁엔 식구가 많거든."

동생은 형님에게 벼를 보내 드리려고 했으나 먼저 말을 하였다가는 형님이 받지 않을지도 모른다는 생각을 하게 됐어.

"옳지, 형님 몰래 갖다 드려야지."

동생은 깜깜한 논으로 가서 벼를 나르기 시작하였어.

"자, 이제 이만하면 형님이 더 많겠지."

동생은 웃으면서 집으로 돌아왔어.

그런데, 그날 밤에 형님도 이런 생각을 했지.

"오늘은 동생과 똑같이 벼를 나눴지만, 아무리 생각해도 잘못했어. 동생은 새로 살림을 시작했으니까, 살림에 드는 것이 더 많을 거야."

형님은 밤중에 논으로 나갔어.

"영차!"

형님은 자기의 벼를 동생의 낟가리에 갖다 쌓았어.

"자, 이만하면 되겠지. 아마 살림에 도움이 될 거야."

형님도 웃으면서 집으로 돌아왔어.

동생이 아무것도 모르고 쿨쿨 자고 있을 것을 생각하니, 마음이 퍽 기뻤지.

날이 밝아서 해가 동쪽 하늘에 떠오르기 시작했어.

동생은 논에 나가 보고 깜짝 놀랐어. 어제 밤에 그만큼 많은 벼를 형님 낟가리에 옮겨 놓았는데, 이게 어찌된 셈인지 벼는 조금도 줄지 않은 거야.

"참 이상한데, 어찌된 일일까?"

동생은 고개를 갸웃하고 집으로 돌아왔어.

형님도 논에 나가 보았지. 그러나 형님의 낟가리는 조금도 줄어들지 않았어.

"참 이상도 하다."

형님도 집으로 돌아왔어.

그날 밤, 형님은 또 몰래 논으로 가서, 자기의 벼를 동생의 낟가리에 쌓았어.

"이만하면 동생 것이 더 많겠지."

형님은 기뻐하며 동생의 낟가리를 쳐다보았지.

형님이 집으로 돌아간 뒤, 이번에는 동생이 논으로 나갔어. 그리고 자기의 벼를 끙끙 짊어지고 가서 형님의 낟가리에 잔뜩 쌓아 놓았어. 그 이튿날 아침, 형님과 동생은 몰래 다시 논에 나가 보았어. 그러나 낟가리는 여전히 똑같이 쌓여 있었지.

"참 이상도 하다."

"참 이상도 하다."

형님과 동생은 아무리 생각해도 까닭을 몰랐지. 다시 밤이 되자, 형님과 동생은 몰래 논으로 가서, 벼를 또 나르기 시작했어.

깜깜한 어둠 속에, 저쪽에서 누가 오는 거야. 형님은 우뚝 걸음을 멈추었어. 그때 동생도 우뚝 걸음을 멈추었어.

이때였어. 마침 구름 사이에서 달님이 환히 얼굴을 내밀었지.

"아이구, 형님 아니십니까?"

"아, 너였구나!"

이제야 형제는 벼 낟가리가 줄어들지 않은 까닭을 안 거야.

형제는 저도 모르게 볏단을 내던지고 달려들었어. 그리고 한참 얼싸안았어.

하늘에서 달님이 웃으며 보고 있었어.

"참, 감동적인 얘기입니다. 요즘은 재산 문제로 형제끼리 싸우고 아들이 아버지에게 소송을 거는 세태인데, 이러한 동화를 왜 국어책에서 뺐을까요?"

"시대의 흐름에 맞지를 않는다는 얘기겠지. 요즘 그런 형제가 어디에 있냐는 거야. 호랑이 담배 먹던 시절의 케케묵은 얘기가 어린이에게 씨도 안 먹힌다는 얘기겠지."

"2코스와 3코스는 어떤 곳이야?"

"절에 오래 묵는다고 하니 불원간 어죽도 먹을 겸 다시 들려. 2코스의 이름은 '느림 길'로 4.6km, 소요 시간은 60분이 걸려. 물길 따라 숲길 따라 구불구불 이어지는 느림 길과 냇가에서 발도 담그고 넉넉한 나무 그늘을 벗 삼아 호젓하게 돌아 볼 수 있는 코스로 홍성과 예산을 오가던 보부상들의 발길을 따라 걸어 볼 수 있는 길이야. 대흥향교 앞을 지나는데 수령 600여 년의 은행나무가 원줄기의 중앙에서 느티나무가 뿌리내려 공생하는데 나무 둘레가 6m로 수

형이 장엄하고 아름다워."

"점점 매력을 느끼는데. 그럼, 3코스는?"

"3코스는 바쁜 일상 속에 잊고 있었던 사랑의 소중함을 되새겨 보는 길로, 길이는 3.3km, 소요 시간은 50분 정도로 완만한 길로 이어져 편안히 걸을 수 있어. 봉수산 자락과 아우러진 교촌리의 아기자기한 풍경과 탁 트인 예당저수지의 풍광을 한눈에 만날 수 있는 코스야. 교촌리 들녘 사이로 난 논두렁길을 걸으면서 일소에게 물을 먹이던 소샘의 샘터를 볼 수 있어."

"상당히 목가적이군."

"당신은 시인이니 꼭 한번 다시 와봐. 잠은 내가 재워 줄 테니까."

"여기 유영빈 씨라는 분이 묵고 계시죠?"

"누구신데요?"

"유영빈 씨 처 되는 사람입니다."

"외출하셨는데 곧 들어오실 겁니다. 그 동안 절이나 구경하시지요."

관리인 박씨가 마침 절 경내에 있다가 이미숙을 만난 것이다.

저녁이 되었는데도 유영빈은 돌아오지 않았다.

"혹시 어디 갔는지 아세요?"

"여기 묵고 계신 민 교수란 분하고 같이 나가셨는데 어디를 가셨는지는 모르겠습니다. 저녁 공양 시간이 다 되었는데 식사를 하시고 방에 들어가 기다리시죠."

식사는 참으로 소박하였다. 무료급식소의 반찬도 여기 절간 음식보다는 나을 듯싶었다. 유영빈이 이런 음식을 먹으며 고생을 하고 있는 것을 보니 약간 미안한 생각이 들었다. 이미숙은 남편과 정식으로 이혼을 하고 김명호의 프러포즈를 받아드리려고 여기에 온 것이다. 이혼 합의금으로 아파트를 판 돈의 반을 줄 생각이었다. 엄밀히 말해서 아파트의 명의는 이미숙이었지만 집을 사는 데 들어간 돈은 유영빈의 돈이 훨씬 더 많았다. 어둠이 깔렸는데도 유영빈은 돌아오지 않았다.

"손님, 주지 스님이 좀 뵙자고 하는데요."

박 씨가 전갈을 넣는다.

"차 한잔하시죠. 절에 오면 대접할 게 차밖에 없습니다. 미국에 사신다고 얘기 들었는데 어제 오셨습니까? 유 거사가 오면 꽤 반가워할 겁니다."

"며칠 돼요. 정리할 것이 있어서 연락을 못 했어요. 그러다가 시댁에 가니까 여기 묵고 있다 하여 오늘에야 들린 겁니다."

"유 거사님 병세는 알고 계십니까?"

"네?"

"위암이 재발된 모양입니다. 그동안 꾸준히 정기검사를 받았는데 얼마 전에 재발 판정을 받았다고 합니다."

"심하다고 합니까? 고칠 수는 없고요?"

"자세한 것은 얘기를 하지 않아서 모르겠는데 꼬치꼬치 물어 볼 수도 없고 소승도 답답합니다. 위암이니까 섭생이 제일 중요한데 여기 절간 음식은 부실하지 않습니까? 영양가도 없고 반찬이 대부분 섬유질이 많은 채소 종류라서 소화도 잘 안 돼서 누가 보살펴 주어야 하는데 걱정입니다. 치료비에 돈이 많이 들어가서 입방료도 6개월 치나 밀렸습니다."

"입방료가 얼만데요?"

"한 달에 오십만 원입니다."

주지의 관심사는 입방료 같았다.

방에 들어 온 이미숙의 마음은 무거웠다. 대성전자에 다닐 때 회사 정기 건강 검사에서 위암 판정을 받아 수술을 받았는데 이것이 재발된 모양이었다. 수술할 때는 다행히 위암 초기라서 완치가 되었다고 했는데 그동안 식사가 부실한 게 문제가 된 모양이었다. 밤이 깊었는데도 유영빈은 돌아오지 않았다. 서울로 갔다가 다시 올까도 생각했지만 이왕 기다린 김에 얘기를 매듭짓고 싶었다. 잠이 오지 않아 유영빈의 소지물을 이것저것 들춰 보았다. 서류봉투가 있어 열어 보니 깨끗이 쓰인 글이 있었다.

오늘은 설날이다. 형님 댁에 들러 차례를 지내고 나니 눈치가 보여서 절로 되돌아 왔다. 박 씨를 비롯해 모두들 설을 쇠러 집으로 되돌아가 절이 텅 비어 있었다. 다행히 공양보살인 이 씨가 남아 있으니 밥은 얻어먹을 수 있겠지. 이 씨는 연변 출신 조선족으로 체류 기간이 지나 불법체류자인데 경찰 단속을 피해 이곳 절에 숨어 있다. 월급이 싸니까 주지는 이 씨를 고용하고 있는 것이다. 구정이라

해도 갈 데가 없으니 절에 남아 있는 모양이다.

몇년 전만 해도 형님 댁에 모여 대가족이 떠들썩하게 병설을 보내곤 했는데 이제는 아들도 마누라도 내 곁을 떠났다. 이 모든 게 나의 탓이니 누구를 원망하겠는가? 나는 외톨이다. 버림받은 자이다. 나는 지금 암이 재발했으니 치료가 될지, 안 될지 알 수가 없다. 어차피 죽을 것이라면 왜 치료비에 막대한 의료비를 지출하는가? 그나마 형님에게 손을 벌려야 한다. 몇년 더 연명한다 하여 무슨 의미가 있는가? 대단치는 않지만 나도 남만큼 누릴 것은 누려봤고, 즐거움도 겪을 만큼 겪었고, 맛있는 것, 멋진 옷 등 웬만한 향락은 다 누려 봤다. 이럴지언정 나에게 더 이상 무엇을 바랄게 있겠는가? 인생의 정점에서 내리막길을 걷고 있는 나의 여정, 더 이상 무엇을 기대할 것인가.

다만 한 가지 미숙이를 만나서 '모든 것을 용서한다.'라는 말만은 꼭 하고 싶다. 처음에는 미숙이의 배신에 대한 분노와 원망과 증오로 치를 떨었다. 그러나 여기 절에 와서 2년을 지내고 새벽 예불에도 참석하다 보니까 미숙이의 배신이 모두 나의 잘못에서 비롯되었다는 것을 깨닫게 되었다.

미숙이의 학벌이 짧고 친정이 보잘 것 없다고 무시한 것은 참으로 유치하고 부끄러운 짓이었다. 대학을 못 나온 것이 무엇이 중요하단 말인가? 미숙이가 말은 못했었겠지만 속으로 얼마나 괴로워했을까. 그것은 단지 부모를 잘못 만난 죄밖에 없다. 미숙이는 직장에 다니면서도 나에게 최선을 다 했고 아들에 쏟은 정성도 누구

못지않았다.

요즘 버킷리스트(Bucket List)라고 죽기 전에 꼭 하고 싶은 일들을 적어 놓고 하나씩 해 보며 지우는 것이 유행이라는데 나는 꼭 한 가지만 하고 싶다. 그것은 미숙이를 만나서 '모든 것을 용서해 달라.'는 한마디다. 이 글을 미숙이가 언제 보게 될지 모르지만 모든 것을 용서한다. 미움은 없다. 지금 생각하니 그것이 사랑이었던 것 같다. 풍요로운 사랑을 경험하고 싶다면 어떤 보답도 바라지 않고 무조건적으로 사랑을 베풀어야 한다고 한다. 그렇지 않은 사랑은 사랑이 아니다. 마음에서 우러나 준 선물이 아니면 그건 선물이 아닌 것과 마찬가지다. 조건을 달아서 베푼 사랑은 사랑이 아니다.

잘 살기 바란다. 아들을 잘 키워 달라.

이것을 읽은 이미숙은 펑펑 울었다. 남편의 진심을 너무 몰랐던 것이다. 남편은 나쁜 사람도 독한 사람도 아니었다. 오히려 이미숙이 남편을 쥐고 놀았다. 이미숙은 성격이 강해서 자기 마음대로 살림을 꾸려 나간 것이다.

이혼 수속을 밟으려고 온 미숙은 유영빈이 암에 재발되었다는 얘기를 듣고 여심(女心)이 꿈틀거렸다. 더구나 남편의 진심을 알고 나서는 마음이 흔들렸다. 이런 남편에게 이혼을 하자는 것은 너무 가혹하고 사람이 할 도리가 아니라는 생각이 들었다. 이미숙은 갈등과 애증으로 밤을 꼬박 샜다.

다음 날 오후가 되어서야 유영빈이 돌아왔다.

"당신이 웬일이야?"

"저 정말 잘못했어요. 용서해 주세요."

"용서를 구할 사람은 나야. 나는 당신을 존중해 주지 않았어. 존중하는 마음이 없다면 사랑도 없는 건데 어떻게 당신이 나를 원망하지 않았겠어. 결혼 생활 동안 당신에게 고통을 준 것 진정으로 사죄할게."

"당신은 나의 미모에 빠지고 심취한 것이지 절대로 진실한 사랑은 아니었다는 것을 나도 알고 있었어요. 부부 생활에서 사랑이 없다면 그 부부 관계는 얼마나 차갑고 쓸쓸하겠어요? 나는 얼마나 당신의 진실한 사랑을 원했는지 모를 거예요. 어느 누구를 사랑하고 싶을 때 중요한 것은 스스로를 상대의 눈높이에 맞추고 상대에 대해 생각해 주는 것이라고 생각해요."

"맞는 말이야. 분노를 일으키는 생각을 한다면 분노를 체험할 것이고 행복한 생각만 한다면 행복을 체험할 수 있어. 따라서 사랑스런 생각을 품게 된다면 사랑을 느끼게 될 거야."

"생각을 바꾼다는 것은 말하기는 쉽지만 실천하는 것은 그렇게 쉽지 않아요."

"사랑하기 위해서, 진정으로 사랑하기 위해서 필요한 것은 상대를 이해하고 상대의 행복에 대해 진정으로 배려하는 마음이야. 그러나 당신은 더 많은 돈과 부의 축적 그리고 나의 출세를 원했어. 거기에 너무 빠진 나머지 우리의 인생을 놓친 거야. 물론 모든 잘못은 나의 탓이지."

"당신이 왜 나를 위해 이런 것들을 해 주지 않을까, 라고 생각하기보다는, 당신을 위해 난 무엇을 할 수 있을까를 생각했더라면 우리는 사랑을 느끼면서 더 많은 사랑을 키워 나갈 수 있었는데 나는 항상 당신의 욕구보다 내 욕구를 더 생각했어요."

"지금 와서 얘기하면 뭐해. 이미 루비콘 강을 넘었는걸. 나는 당신을 마음속에서 보내 버렸어. 만약 당신을 놓아 버리지 않았더라면 나는 평생 고통과 분노, 실망 속에서 살게 됐을 거야. 나는 절에 있는 동안 진지하게 생각해 보니 내가 당신을 사랑했다는 걸 깨달았고 당신을 진정 사랑한다면 당신의 바람과 요구를 존중해야 한다고 생각한 거지. 당신에게 집착을 하면 정서적으로 당신을 질식시킬 수 있는데, 이는 사랑에서 나온 것이 아니라 질투, 불안, 두려움에서 나오는 거야."

"무슨 말인지 잘 이해를 못 하겠어요."

"어떤 사람에게 편견을 가지고 있으면 그 사람의 행동은 어쩔 수 없이 상대에게 영향을 주게 돼 있어. 편견을 계속 내세우다 보면 좀처럼 상대를 사랑할 수 없게 되지. 편견이란 상대를 알기도 전에 판단을 내리기 때문에 대부분 오류가 많아. 나는 당신에게 편견을 가지고 있었어. 그래서 어처구니없게 우리 사이에 갈등이 생긴 거야. 당신을 비난하고 싶은 마음은 추호도 없어. 집 판 거 고발하지 않을 테니까 안심하라고. 돈도 달라고 하지 않을 거고. 그것 때문에 여기 온 거야?"

"아니에요. 우리 미국 가서 같이 살아요. 당신 암 치료도 하고요."

"암이 재발했다는 것은 어떻게 알았어? 형님한테 들은 거야?"

"아니에요. 주지 스님한테 들었어요."

"무슨 돈으로 미국에서 살아?"

"미국에서 우연찮게 큰돈을 벌었어요. 집도 사 놓았으니까 남은 돈으로 세탁소를 하든 과일가게를 하든 먹을 걱정은 없어요."

"당신 생활력은 알아주어야 한다니까. 그새 어떻게 그런 큰돈을 벌었어?"

6

겨울의 찬 공기가 옷깃을 여미게 한다. 날씨가 쌀쌀하니 밖으로 나가기가 싫어진다. 점점 운동을 게으르게 된다. 유영빈이 절을 떠나니 말 상대가 없어지고 신문도 볼 수 없게 되니 세상 소식하고는 담을 쌓았다. 적막에 싸인 절에서 누구의 간섭도 받지 않고 누구와 다툴 일도 없으니 마음은 점점 맑아지는 듯했다. 고승(高僧)의 얼굴이 온화하고 중후하며 부드러운 것이 이런 연유인 듯했다.

거의 매일 친구들과 어울려 술을 마시던 지후는 맑은 공기를 숨 쉬며 누구의 자극도 받지 않고 누구에게도 마음의 상처를 받지 않고 나날을 보내니 이런 삶도 괜찮을 듯싶었다. 노후에 실버타운에 들어가 사는 것보다 이런 곳에서 사는 것이 나을 수도 있다고 생각

되었다. 지후가 절간 생활에 그만큼 적응이 되었다는 얘긴데 여기에는 여러 가지 선결 조건이 있을 것이다. 무엇보다 부부가 같이 절간에서는 살 수가 없고 불가에 귀의하지 않아도 절에서 받아 주느냐 하는 문제였다.

귀촌(歸村)을 하여 농사를 지으며 목가적인 전원생활을 하는 것도 좋겠지만 그것은 지후의 취향이 아니었다. 지후는 노동하는 것을 싫어했다. 농사를 지어 본 적도 없고 집에서도 청소조차 하기 싫어했다. 게으름 탓인지 그저 책 읽는 것만 좋아 했다. 새삼스럽게 고전문학을 읽는 것이 여간 재미있는 게 아니었다. 젊은 시절엔 몰랐는데 인생을 좀 살아 보니까 그 소설들의 깊은 뜻을 재발견한 것이다. 책 한 권을 아주 천천히 음미해 가면서 읽곤 했다. 그리고 철학책을 읽는 데도 재미를 붙였다. 2천여 년 전의 그리스 철학자나 스토아학파들이 주장한 학설들이 지금도 하나도 변하지 않았다는 데 놀랐다. 그들이 한결같이 추구한 것이 진리였고 진리는 영원불변한 것이다. 철학적 이론은 이미 그들이 완전이 전부 완성해 놓았다. 그 뒤 2~3천년이 흘렀지만 후세의 철학자들은 선현(先賢)이 이룩해 놓은 이론을 발전시키거나 그를 해석하는 데 불과하였다. 한마디로 그들을 뛰어 넘는 철학자가 나타나지 않았다는 얘기다.

이런저런 생각을 하다 보니까 수아 생각이 간절했다. 수아가 다녀간 지 한 달이 넘은 것 같다. 수아 없이 이런 데서 혼자 산다는 것은 자신이 없었다. 수아와 이렇게 오래 떨어져 산 적이 없었다. 같이 있을 때는 그저 공기와 같이 주변에 항상 떠돌던 존재였는데 적막한 신사에 살다 보니 수아가 옆에 있었으면 하는 생각이 간절했다. 어느 날은 하루 종일 한마디도 않고 보내는 날도 있었다. 새로 온 경리 보살은 시장 아줌마같이 뚱뚱하고 못생겨서 지후는 꼭 할 말만 하였다. 지후는 아름다움을 좋아했다. 인상파 화가들이 그린 아름다운 여자와 19세기 의상들 그리고 초원에 펼쳐진 야생화를 보면 시간 가는 줄 모르고 빠져들곤 하였다. 불현 듯 지후의 환갑 기념으로 수아가 휴가를 내어 동유럽을 여행하던 추억이 되 살아났다.

4월이었다. 부다페스트를 벗어나 프라하로 가는 도로변 양쪽에는 가로수 잎이 막 피어오르고 초록의 물결은 가도 가도 끝이 없었다. 한가로이 노니는 말떼들, 평원너머로 길게 길게 이어지는 산맥, 한가히 밭가는 농사꾼 부부는 밀레의 그림을 연상케 했다. 그야말로 19세기 풍경이었다. 동서장벽으로 공산주의 체제의 동유럽은 근대화의 물결을 타지 않아서일 것이다. 도로는 국경을 이어주는 중요 도로인데도 구불구불한 2차선 도로였다. 자작나무 숲 사이로 찔레꽃이 잔설처럼 소복이 쌓여 있었다. 사랑을 나누는 젊은 연인들은 지나가는 버스는 아랑곳도 하지 않고 초원에 누워 부둥켜안고 키스를 나눈다. 사랑에는 서구의 물결이 필요 없는 모양이었다. 사랑에는 선생이 필요 없는 법이다. 연두색 뭉게구름을 뿜어내는 전나무들, 쭉쭉 뻗은 소나무 숲, 조화(造花)로 뒤덮인 공동묘지, 노란색 울타리를 친 개나리들, 눈이 녹아 저 멀리 산맥으로부터 흘러 내려오는 실

핏줄 같은 시냇물, 끝없이 펼쳐지는 목초지의 어린 풀잎, 초록의 언덕 너머에는 아직 새싹이 돋아나지 않은 회색의 자작나무, 새싹을 뜯는 사슴의 무리들, 갓 파종한 갈색의 밀밭, 새 생명을 일궈내려고 만개한 크로버의 흰 물결, 그리고 붉은 지붕의 마을을 지나던 추억이 아련히 떠올랐다. 수아가 간절해졌다. 수아가 이 순간 옆에 있으면 얼마나 좋을까?

"당신 여기 있었어? 한참을 헤매 찾아 다녔잖아?"

갑자기 수아가 나타났다.

"그래, 한참만이네. 그러지 않아도 당신 생각하고 있던 참인데."

"한가한 소리 그만하고, 이 신용카드는 어디서 쓴 거야?"

"무언데?"

"당신 우편물은 뜯어보지 않는데 실수로 당신 신용카드 청구서를 뜯게 됐어. 그런데 덕산여관에서 쓴 것이 있더라고. 도대체 덕산여관엔 누구하고 간 거야?"

"거긴 여관이 아니라 음식점이야. 나하고 같이 가보자고. 거기 가서 점심이나 같이 하지."

"무슨 음식점이 여관이란 이름을 붙였어?"

"50년 전에 문을 연 여관인데 그 당시에는 여관은 잠만 재워주는 곳이 아니고 밥도 주었어. 지금은 밥만 팔지."

"그럼 등심구이 집에서 수십만 원을 썼던데, 그건 무어야?"

"그건 스님 대접하느라고 한턱 낸 거야."

"아니 중이 고기 먹나? 소가 웃을 일이다. 수선심인가 뭔가 하는
여자 사준 거지?"

"수선심은 절을 떠난 지 한참 돼. 그리고 둘이 어떻게 고기를 수
십만 원 어치를 먹어?"

"그건 그렇다 치고 당신은 언제까지 이렇게 돈을 펑펑 쓰고 다
닐 거야? 우리가 무슨 재벌인 줄 알아? 절에 들어 있기에 근신하
고 절제된 생활을 하는 줄 알았는데 집에 있을 때나 하나도 다를
게 없네."

"여기까지 와서 잔소리야?"

"잔소리 않게 됐어? 나 갈게."

"점심이나 먹고 가지, 눈발이 내리는데 조심하라고."

"내 걱정은 하지 마."

수아는 쌩하니 절을 떠났다.

오해는 풀렸으나 또 이렇게 신경전을 벌리다가 절을 떠나니 수아
의 마음은 쓰려왔다. 남편이 식사도 부실하고 잠자리도 불편한 이
런 열악(劣惡)한 데서 생활하는데 좀 분위기를 맞추어 주지 않고 올
때마다 토라져 절을 떠나는 것이 미안했다. 꿈과 아름다움을 추구
하는 남편을 조금만 이해하면 남편은 얼마나 자기한테 잘해 줄 것
인가? 그러나 남편이 자기를 즐겁게 해 준다고 꽃을 사들고 오고 뮤
지컬 표를 사오고 생일날 이벤트를 해 준다고 법석을 떠는 것들이
하나도 마음에 들지 않았다. 누구 말대로 돈으로 주는 것이 더 좋
았다.

절을 떠날 때 흩날리던 눈발이 점점 굵어졌다. 금방 눈이 쌓였다. 절을 나서면 조그만 언덕길이 있는데 차가 헛바퀴를 돌았다. 경사가 그렇게 높지도 않은데 차가 언덕을 올라갈 수가 없었다. 몇 번을 시도하다가 눈발이 점점 심해저 사고의 위험이 있어 후진하여 절로 되돌아왔다.

"그러지 않아도 걱정하고 있었는데 잘 되돌아왔어. 이 눈에 어떻게 산길을 운전해? 푹 쉬고 눈발이 사그러들면 내일 가."

"내일 할 일도 있는데 큰일 났네."

"오늘 일은 오늘만 생각하자고. 여기 와서 느낀 건데 그동안 너무 내일을 걱정하며 살아왔어. 무조건 내일은 잘 될 거야 하고 사는 거야. 어떻게 될지 모르는 내일을 걱정해서 무엇해?

내일은 아무도 모르는 것 아냐? 그것은 신의 영역이야. 오늘 최선을 다하고 내일을 기다리면 되는 거지, 내일을 알려고 아등바등하는 것은 어리석은 짓이야."

"당신 절에 들어온 지 얼마 되지도 않았는데 철학자 다 되었네. 당신은 도인(道人)에 소질이 있어. 이왕 여기 들어온 김에 파(派)를 하나 만드시지."

"자꾸 삐딱하게 나가지 말고 우리 진지하게 대화 좀 나누자."

"딱딱하게 무슨 진지야? 눈 때문에 마음이 산란하기 짝이 없는데."

눈발은 점점 굵어져 마당에 금방 눈이 쌓인다. 금방 그칠 눈 같지 않았다. 일기예보에는 폭설이 내린다는 예보가 없었는데 언제 눈이 그칠지 가늠할 수 없었다.

"오늘 가기는 틀렸고 밥이나 먹으러 가자. 여기서는 밥을 공양(供養)이라고 해."

"벌써 저녁이야?"

"여기는 5시가 저녁시간이야. 5시를 넘기면 밥을 얻어먹을 수도 없어."

식사는 참으로 부실하기 짝이 없었다. 남편이 몇 달간 이런 반찬으로 밥을 먹었다고 생각하니 안쓰러운 마음이 들었다. 그리고 보니까 남편의 배가 많이 홀쭉해진 것 같았다.

저녁을 먹고 둘이서 쏟아지는 눈발을 바라다보았다. 서울에서는 전혀 감상하지 못한 풍경이었다. 서울이라고 그 수십 년 동안 이만한 눈이 안 왔을까마는 이러한 산속에서 눈을 감상하는 것은 처음이었다. 눈발이 굵어서 마치 하늘에서 밀가루를 퍼붓는 듯 했다. 눈은 점점 쌓여져 갔다.

"정말 큰일 났네. 이러다가 내일도 못가는 것 아냐?"

"덕분에 휴가 며칠 즐기지 뭐. 주위를 둘러봐도 아무것도 없는 순백의 눈 속에 갇혀 문명과는 완전히 격리된 생활을 하는 것도 낭만적이지 않아?"

"낭만 같은 소리 하네."

잠자리는 불편하기 짝이 없었다. 이불과 요를 하나씩 빌렸다. 관리인 박 씨 말로는 주지 방침이 절에서는 남녀가 한 방에서는 잘 수가 없다고 한다. 그러나 예외 없는 법칙이 어디에 있으며 이건 비상 사태인 것이다. TV가 없으니 할 일이 없었다. 수아는 눈이 언제 그 치나 보는지 방 밖을 들락날락한다. 그러나 눈은 줄기차게 왔다. 밤 은 한없이 길었지만 그들은 별로 대화가 없었다. 얘깃거리가 없는 것이다.

다음 날 일어나니 하늘은 개었지만 눈이 엄청나게 많이 쌓였다. 무릎이 빠질 정도였다. 아마 밤새도록 폭설이 내린 듯했다. 사람의 힘으로 눈을 치우면 겨울이 다 지나야 길이 뚫릴 것 같았다. 관리 인 말로는 면사무소에서는 이런 사도(私道)는 눈을 치워주지 않아 불도저를 가진 중장비 회사에 돈을 주고 부탁해야 하는데 그마저 언제 차례가 올지 모른다는 얘기였다. 더구나 주지가 짠돌이라서 돈을 주고 눈을 치울지는 장담할 수 없다고 하였다. 그러나 인력으 로 눈을 치우는 것은 거의 불가능해 보였다.

눈 구경으로 하루를 보냈다. 마음은 여유롭지 못했지만 순백의 대지와 눈에 뒤덮인 나무 위에 만발한 눈꽃은 아름답기 짝이 없었 다. 눈꽃! 그것은 꽃이었다. 꽃은 따뜻한 봄에만 피는 것이 아니고 엄동설한의 겨울에도 더 아름답게 꽃이 피었다. 온 누리는 눈꽃으 로 뒤덮였다. 사방은 눈꽃이 뭉게구름을 이루어 시야에 가득 찼다 .

"눈꽃을 보니 생각나는 것이 있네. 사람은 젊었을 때만 아름다운 것이 아니라 노후가 되도 얼마든지 아름다울 수 있어. 얼마 전 어 느 노년의 부부가 절 구경을 하러 온 적이 있는데 두 부부가 얼굴이 깨끗하고 빛이 나서 잊히지 않아. 부인은 은은하게 우아함이 풍겨 나오디고. 옷도 모양 나게 차려 입고. 우리나라 사람들은 해외여행 다닐 때 자기만 편하면 된다고 옷에 신경을 안 쓰는데 당신도 해외 여행을 다녀 보아서 알겠지만 유럽의 나이 든 사람들은 얼마나 옷 을 멋있게 입고 다녀? 우리나라는 국내에 있을 때는 지나칠 정도로 멋을 내다가 외국에 나가면 아무렇게나 옷을 입는데 옷차림도 한국 의 수준을 알리는 문화 홍보가 되는 거야. 좀 신경을 썼으면 좋겠 어. 영국은 은퇴한 노인은 집에 있을 때도 넥타이를 매고 지낸다고 하더군. 물론 상의는 재킷이지."

"맞아. 우아하게 늙어 가는 노년을 보면 보기에 얼마나 좋아. 꾸 준히 노력만 하면 젊었을 때보다 더 아름다울 수 있는데. 노인에게 는 인생의 긴 여정 동안 갈고 닦은 인격이라는 것이 있지 않아?"

"우아하게 늙어가는 사람은 부드러운 성숙과 은은한 여운이 풍기 는 완벽이 있어. 얼굴은 그의 정신사의 표현이고 생활사의 기록이 야."

"맞아. 어떻게 살아 왔느냐에 따라 얼굴이 달라져. 맑은 마음은 맑고 밝은 얼굴을 만들고 추한 마음은 추하고 흉한 얼굴을 만들지."

"순백의 눈이 온 시야를 뒤덮었고 나무마다 눈꽃이 만발하였는데 이런 날 술 한잔만 있으면 멋있는 시 한 수가 나올 텐데 아쉽다. 나 는 술에 알딸딸해져야 시가 써지는데."

"자기가 무슨 이태백이야? 지금까지 쓴 시는 모두 술에 취해 쓴 시란 말이야?"

"조선 말기의 위대한 화가 오원 장승업도 술에 취하지 않고는 그림을 그리지 못했어. 수많은 예술가들이 술과 친했고 영웅호걸들은 한결같이 호주가들이야. 화가는 덜 하지만 시인은 술과 아주 친하지."

"눈을 찬미한 시는 없어?"

"왜 없겠어? 『채털리 부인의 사랑』을 쓴 D.H.로렌스의 '겨울 이야기'란 시가 있어."

들판은 흩날리는 눈으로 온통 흰색이었고/ 가장 긴 풀잎도 눈 위론 잘 보이지 않는다/ 그러나 눈 위에 난 그녀의 발자국은/ 하얀 산등성이의 솔밭 길까지 이어져 있다// 희뿌연 안개가 검은 숲에 스카프처럼 펼쳐져/ 오렌지 빛 도는 하늘을 가렸기에 그녀를 볼 수 없다/ 그러나 그녀는 초조하게 추위에 떨며 기다리겠지/ 사리낀 한숨 속에 흐느껴 울며// 피할 수 없는 이별이 가까워 옴을 알 텐데/ 그녀는 왜 그렇게 선뜻 오고 마는 걸까?/ 눈 속의 내 걸음 더디고 언덕은 가파르다/ 내가 무슨 말을 할지 알면서도 왜 그녀는 오는 걸까?

"눈물이 나오네. 역시 로렌스는 정말 여성적인 감성이 풍부해. 그런데 로렌스가 시도 썼어?"

"그는 작가이면서 시인이었지. 채털리 부인의 사랑은 1928년에 출간됐지만 이것도 외설시비에 휩쓸려 자비출판을 해야 했고 오랜 기간 금서로 묶여 있다가 미국에서는 1959년에, 영국에서는 1960년에 원본 출판이 허용되었어. 지금 보면 아무것도 아닌데 참 격세지감이 있지. 그보다 더 직설적인 외설문학이 얼마나 많아? 그는 인간이 원하는 것은 욕망의 충족으로 호색문학은 성을 모욕하고 먹칠하려는 것이지만 자기는 생명이 있는 인관관계에 대한 존중 즉 자기 욕망을 신성하게 충족시켜야 하며 이는 외적인 것에 구속 받지 않고 살려는 욕망의 충족을 의미한다고 주장했어. 여하튼 그는 참 섬세한 눈을 가진 작가이자 시인이야."

"한국 시인이 쓴 시는? 당신도 하나 써."

"술이 있어야 한다니까. 눈은 너무 아름답기 때문에 한국에서도 많은 시인들이 눈에 대한 시를 썼지. 해마다 노벨문학상 후보에 단골로 올라가는 고은의 '눈길'이라는 시가 있어."

이제 바라보노라/ 지난 것이 다 덮여 있는 눈길을/ 온 겨울을 떠돌고 와/ 여기 있는 낯선 지역을 바라보노라/ 나의 마음속에 처음으로/ 눈 내리는 풍경/ 세상은 지금 묵념의 가장자리/ 지나 온 어느 나라에도 없었던/ 설레는 평화로서 덮이노라/ 바라보노라 온갖 것의/ 보이지 않는 움직임을/ 눈 내리는 하늘은 무엇인가/ 내리는 눈 사이로/ 귀 기울여 들리나니 대지(大地)의 고백(告白)/ 나는 처음으로 귀를 가졌노라/ 나의 마음은 밖에서는 눈길/ 안에서는 어둠이노라/ 온 겨울의 누리 떠돌다가/ 이제 와 위대한 적막(寂寞)을 지킴으로써/ 쌓이는 눈 더미 앞에/ 나의 마음은 어둠이노라.

“이런 작은 방에서 하룻밤을 지내고 나니 옛날 생각이 나네.”

“우린 단칸방에서 신혼살림을 차렸잖아.”

“맞아. 그것도 전세 싼 데를 찾느라고 발품께나 팔다가 버스정류장에서 한참 들어가는 연신내에 방을 얻었어.”

“그나마 부엌이나 있었나? 슬레이트로 만든 임시 부엌이었지. 반 평도 안 되었을 거야. 퇴근이 늦으면 연탄이 꺼져 고생께나 했어.”

“그때는 모두 그렇게 시작했으니까 고생이라고 생각하지는 않았어.”

“지금 생각하면 꽤 목가적이었지만 시는 그런 환경에서 나오는 거야. 그 시절 당신과 집 바로 뒤에 있는 북한산에 등산 가고 여름이면 아이들과 시냇가에서 물장난하던 때가 그리워지는군. 그렇게 휴일을 보내면 돈은 한 푼도 들지 않았어. 산이 집 바로 뒤에 있어 교통비도 안 들고 밥은 코펠로 해 먹었으니까.”

“그렇게 알뜰살뜰 돈을 모아 집 한 채를 전세로 얻어 나갔지. 독채 집에 이사를 가니 수돗물 아껴 써라, 전기세 절약하라고 잔소리를 하는 집주인 눈치를 보지 않아 얼마나 좋았는지. 방 세 개짜리 집이었는데 그때 할머니를 모셔와 같이 살았고 방 하나는 세를 주었어. 당신이 할머니를 모시자고 먼저 얘기를 꺼내서 얼마나 고마웠는지 몰라. 그날 나는 당신 팔베개를 벼고 밤새도록 울었어.”

“그래, 생각난다. 그 조그만 일에 당신이 그렇게 감동해 할 줄은 몰랐어.”

“그게 어떻게 조그만 일이야? 나에게는 숙원이었는데. 할머니가 나한테 해 준 것을 생각하면 진즉에 모셨어야 하는데 차마 입이 떨어지지 않아 얘기를 못 끼냈던 기야."

"할머니는 나에게 장모님과 같았어. 언제나 인자하게 나를 감싸 주셨지. 당신하고 싸움이라도 나면 항상 내 편을 들어 주셨어."

"당신이 한번이라도 할머니께 섭섭하게 해 드린 적이 없어, 지금도 고마움을 잊을 수 없어. 해외출장이라도 다녀오면 시부모님 선물은 안 사오더라도 할머니 선물은 빠트리지 않았어."

"그때 처음 TV를 샀지. 그리고 당신은 예쁜 커피 세트를 사고 얼마나 좋아 하던지. 살림을 하나씩 늘려가며 참다운 행복을 느낀 거야."

"그 뒤 절약에 절약을 해서 갈현동에 20평짜리 국민주택을 샀어. 지금이야 집값이 하도 비싸 월급쟁이가 밥도 안 먹고 8년을 모아야 집을 산다고 하지만 그때는 집값이 쌌었어. 더구나 우린 맞벌이어서 3년 만에 집을 산거지. 그리고 처음 냉장고라는 것도 들여 놓고 식탁을 사서 의자에서 밥을 먹게 되었는데 마치 귀족이라도 된 듯한 기분이었어. 아득한 옛 이야기지만 그때가 내 인생에 가장 행복했던 시절이었던 것 같아."

"요새 젊은이들은 집은 부모가 마련해 주는 것은 기본이고 온갖 가재도구도 부모가 다 사주고 신혼생활을 시작하니 무슨 부부애가 생기겠어. 가난한 자가 행복하다는 성경 말씀이 진리야. 신혼부부의 이혼율을 분석하면 아마 돈 많은 부부의 이혼율이 훨씬 높을 걸. 무(無)에서 유(有)를 창조하는 기쁨이야말로 진정한 기쁨이고 가장 순수한 기쁨이라고 생각해. 나는 살림을 하나씩 하나씩 늘려 나가는 것이 얼마나 행복했는지 몰라."

"앞으로 더 행복한 날들을 만들어 줄게. 진정한 행복은 노후에 누릴 수 있는 거야. 그것이 노인의 특권이지. 그것은 저절로 굴러 떨어지는 행운도 아니고 누가 주는 것도 아니고 스스로 노력해서 얻는 인생의 꽃이야. 인생은 4악장으로 구성된 교향곡이라고 생각해."

"흔히 인생은 2악장이라고 하지 않나? 은퇴를 하기 전과 은퇴를 한 후로 나누어 은퇴를 하면 앙코르 인생 또는 인생의 후반부라고 흔히 말하던데."

"그렇게도 말할 수 있지만 그건 너무 산술적이고 시인의 눈은 달라. 20대는 알레그로, 즉 투쟁이나 노력으로 빠르게, 40대까지는 안단테, 즉 열광으로 걷는 듯 보통 빠르게, 60대까지는 알레그로 지오코소, 즉 안정으로 빠르고 즐겁게 그리고 4악장은 알19레그로 에네르지코로 마감을 하는 거야. 가열차게 달려온 인생에서 삶을 되돌아보고 자연과 경치를 되돌아보며 우아함에 넘치는 순도 높은 인생의 아름다움을 되새기는 거지. 베토벤의 교향곡 제9번 합창 4악장은 고뇌를 이겨내고 환희에 도달하는 '환희의 송가'를 소리 높여 힘차게 합창하며 곡을 마치지. 이 교향곡은 베토벤이 쉴레의 '송가'를 읽고 감동을 받아 작곡을 결심한 후 6년 만에 완성했다는 그의 마지막 교향곡이야."

"마지막도 중요하지만 지금 와서 생각하면 결과 못지않게 과정도 중요하다고 생각해. 결과에 집착하여 수단과 방법을 서슴지 않는 세태가 서글퍼. 내 직장 동료에 출세에 눈이 어둔 여선생이 있었는데 징학사가 되려고 온갖 무리수를 둔 거야. 교정한테 아부를 하고 교육청에 들락날락 한 거지. 당신은 아마 교육계에 무슨 권력이 있다고 그 짓을 하느냐고 할지 모르지만 인간 사회는 어디서나 모두 눈에 보이지 않는 투쟁이 있는 거야. 동물의 세계도 마찬가지지 않아? 마침내 그 선생은 장학사가 되었지. 사립학교는 다르지만 공립학교는 장학사가 되면 선생들의 학교 발령에 상당한 영향을 미치지. 그래서 그 쥐꼬리만 한 권력을 휘 두르다가 결국 뇌물 수수죄로 교도소에 갔어."

"너무 결과에 집착하여 그 결과에 이르는 과정을 무시해서는 안 되지. 과정을 무시하고 성공한 사람은 생을 마감하는 순간에는 과거를 후회하며 눈물을 흘리고 말아. 인간은 어쩔 수 없어. 다 똑같이 약한 동물이야. 눈물을 흘리는 동물은 아마 인간 정도라고 해. 악어의 눈물은 슬퍼서 흘리는 것이 아니야. 결과를 위해서 온갖 고생과 고통과 시련을 감내했는데 성공을 이루자마자 죽어 버리면 얼마나 허무해?"

"인생은 참으로 길어. 1년이라는 세월도 얼마나 긴데 사람은 그 인생을 보통 80~90년은 사니까 말이야. 우리는 앞으로 20~30년은 더 살아야 하는데 구체적인 계획이라도 있어?"

"새삼스럽게 무슨 계획이 있겠어? 그저 물 흐르듯 구름 흐르듯 시간이란 유장(悠長)한 물결을 타고 천천히 흘러가는 거지."

"그러면 당신 좋은 대로 살면 된다는 얘기네"

"그건 아니지. 자연의 경치, 맛 좋은 음식과 술, 좋은 책 그리고 부드러운 음악이 흘러나오는 와인 바에서 당신과 지나온 옛 이야기를 나누며 우아하게 늙어가는 거야. 인생의 황혼기란 하고 싶은 일을 마음대로 할 수 있는 자유와 시간이 생겼다는 거야. 늙어서도 마음먹기에 따라 얼마든지 생기 넘치고 활력 있는 생활을 할 수 있어. 얼마나 오래 사느냐가 아니라 어떻게 사느냐가 중요한 거지. 생계를 위해 돈을 벌어야 하는 청춘의 무게를 집어던지고 젊어서는 깨닫지 못한 기쁨들을 반추(反芻)하고 음미(吟味)할 시간을 가질 수 있는 거야. 노래가사 말대로 당신은 나의 인생 동반자 아니야? 같이 가는 거지. 다만 내가 가고 싶은 길로 가자고 하면 당신은 다른 길로 가자고 하고, 당신 가자고 하는 길로 가자고 하면 내가 싫다고 해서 가끔 다툼이 있는 것뿐이지."

"그러니까 어느 한쪽의 아량(雅量)이 절대 필요한 거야. 상대방에 대한 배려가 절실한 거야. 젊었을 때는 사랑이라는 굴레에 얽매여 상대방의 주장에 반기(反旗)를 들지 않았어. 그런데 지금은 너무나 상대방을 무시하는 거야. 친구들의 의견도 이렇게 묵살하지는 않아. 그런데 부부는 왜 상대방의 의견을 우습게 아는지 모르겠어. 아마 너무 오래 살다 보니까 믿어서이겠지. 자식들 얘기도 조심해서 듣는데 당신의 얘기는 아무 생각 없이 반응하는 거야. 이건 나도 전적으로 동의해. 하지만 그것은 당신을 너무나 믿기 때문이야. 그것이 사랑인지도 모르지. 몇십 년 숙성된 포도주처럼 당신의 향기에 취해 있는 거야."

"우리 이렇게 진지한 얘기를 나눈 지 얼마만이야?"

"정말 눈은 참으로 순수 그 자체네. 눈에 갇혀 있지만 당신과 오래간만에 이렇게 진지한 얘기를 나누니 즐겁기 짝이 없어."

"우리 옛날 생각나지 않아? 해인사의 밤 말이야."

"어찌 잊을 수 있겠어. 별을 헤던 그날 밤을."

"나는 당신을 여인으로 처음 느낀 것이 그날 밤이었어."

"지금 와서 고백하는데 나는 그날 당신이 나에게 프러포즈를 해 주기를 바랐어."

"그럼 각오를 하고 간 거야?"

"어느 바보가 거기까지 남자하고 단 둘이 가? 정말 당신은 박력이 없는 건지, 나를 좋아하지 않은 건지 정말 헷갈리더라고."

"그때까지는 나는 여자에 대하여 너무 몰랐고 다만 키스라도 하면 무조건 책임을 져야 한다고 생각한 거야."

"그러면 그때는 나랑 결혼할 생각은 없었다는 얘기네?"

"그때는 내가 너무 가난했기 때문에 당장 결혼을 할 수 없는 형편이었지 않아? 당신이 결혼을 하자고 덤비면 어쩌나 하고 겁먹은 거지. 참 순진했어."

하늘은 점점 맑아져 햇살이 쏟아졌다. 백설 위에 반사되는 햇살은 보석의 빛깔이었다. 다이아몬드, 에메랄드, 사파이어, 온갖 보석들의 광채가 찬란히 빛을 발하고 있었다.

둘은 은빛의 눈으로 나아가 눈싸움을 하였다. 눈뭉치를 던지며 푹신한 눈 위를 뒹굴며 어린아이와 같이 눈싸움을 하였다. 이것은 시간의 회귀(回歸)였다. 그들은 타임머신을 탄 양 30년 전으로 되돌아가 있었다. 주위에 누가 있었다면 이런 장난을 못 했을 것이다. 그러나 여기는 아무도 그들을 지켜보는 사람이 없었다. 완전한 해방이요 완전한 자연의 회귀였다. 그들은 원시인이었다. 고립된 공간에서 완전한 자유를 누리는 영혼이었다. 그들을 방해하는 그 무엇도 없었다. 그들은 과거도 잊고 미래도 생각하지 않는 오로지 지금 이 순간만 즐기는 제4악장의 인생이었다. 온갖 역경과 고뇌와 시련을 겪고 오늘에 도달한 두 인생이었다. 그들은 각자의 인생을 살아왔다. 그러나 항상 동반자였다. 서로 격려하고 때로는 토닥거렸지만 서로를 배려하며 살아온 그들이었다.

"눈 하면 생각나는 영화가 있어. 하버드대학 교정 가득히 내린 눈 위에서 찍은 에릭 시걸 원작의 『러브 스토리』와 눈 덮인 시베리아의 설원을 배경을 찍은 보리스 파스테르나크의 『닥터 지바고』는 지금도 눈에 선해. 너무나 아름다운 영화지. 눈도 아름다웠지만 여주인공을 맡았던 〈러브 스토리〉의 알리 맥그로우와 〈닥터 지바고〉의 줄리 크리스티는 지금도 잊을 수가 없어."

"내 앞에서 그 얘기를 꼭 해야 되겠어? 모처럼 달아오른 분위기가 확 깨지네."

"여하튼 여자의 질투심은 한이 없어. 나는 아름다움을 추구한 것뿐인데 왜 당신은 그렇게 예민해?"

"아니 여편네 앞에 두고 누가 예쁘니 어쩌니 하면 기분 좋을 여자가 어디 있어?"

"예쁘잖아? 그건 당신도 인정해야지. 그 여배우를 예쁘다고 해서 내가 연애할 것도 아니고 예술적 차원에서 예쁘다고 한 것뿐인데 영화 속의 여인에게까지 질투하는 거야?"

여인에게 질투란 끝이 없다. 성적 능력을 다 상실한 8·90대 여인에게도 질투는 있는 것이다. 이는 성적인 차원을 떠나 자기를 사랑하는 남자가 딴 여자에게 마음을 주고 있다는 상실감에서 오는 심리적 박탈감과 자기 소유물을 남에게 빼앗길 수도 있다는 불안감인 것이다. 지나가는 여인에게 눈길을 빼앗기고 친구 모임에 예쁜 여인에게 쓸데없이 말을 거는 남편에게 기분 좋아할 여자가 없을 것이다.

기분이 상한 수아는 방 안으로 들어가 버렸다. 모처럼 무르익은 로맨틱한 분위기가 영화 속의 여인 때문에 그만 깨져 버리고 말았다. 여자란 참으로 다루기 힘든 존재다. 부부 싸움이란 사실 따지고 보면 별 것이 아닌 것이다. 중요한 것은 아픈 말을 하지 않는 것이다. 아픈 말은 가슴에 깊은 상처로 남는다. 상대방의 마음을 다치게 해서는 안 되는 말은 절대로 해서는 하지 말아야 한다. 부부 싸움에는 완전한 승자는 없다. 부부 관계는 내가 짐으로써 상대가 이기고 상대의 승리를 통하여 나도 승자가 되는 관계다. 못 이기는 척 져주는 것이 부부 사이의 갈등을 줄이는 방법이며 때로는 맞불 작전보다 한 발 물러서는 여유가 더욱 지혜로울 수 있다. 일부러 져주면 상대방은 얼마나 고맙게 생각할 것인가. 대부분 별 것도 아닌데서 시작된 다툼이 감정이 격해지면서 돌이킬 수 없는 사태까지 가게 되고 한 번 상처받은 감정은 쉽게 잊히지 않는다. 상대방에 대한 조그만 배려만 있어도 부부 싸움은 일어나지 않는다.

방으로 들어온 수아는 또 후회를 하였다. 남편을 너무나 이해를 못 하는 자신이 원망스러웠다. 남편은 결코 다른 여자를 탐하는 남자는 아니었다. 그것은 몇십 년을 같이 살면서 너무나 잘 알고 있었다. 다만 아름다움을 추구할 뿐이었다. 그의 직업이 시인인 이상 그것은 인정해 주어야 했다. 그러나 여자의 마음은 달랐다. 살아오면서 항상 아슬아슬했다. 지금까지 별 말썽 없이 살아온 것이 기적인가 싶었다. 남편은 항상 꿈을 꾸며 살아 왔다. 소위 현실적이지 못했다. 집을 살 때까지는 월급을 봉투째 전부 갖다 주더니 형편이 나아지니까 차츰 술값으로 월급이 새어나가기 시작했다. 그래서 싸움께나 했다. 그때가 부부의 위기였다. 아마도 요즘 같으면 이혼하자는 얘기가 금방 나왔을 것이다. 지금은 이혼율이 35%나 되고 결혼생활 20년 이상 된 부부의 '황혼 이혼'도 27%나 된다고 하지만 그때는 이혼이라는 것은 꿈에도 생각하지 못했던 시절이었고 사실 그것이 이혼 사유도 되지 못했다.

그때부터 지후는 친구들과 어울려 인생의 멋을 마음껏 즐겼다. 조선시대 선비들이 즐겼던 멋을 흉내 내어 문(文), 사(史), 철(哲)과 시(詩), 서(書), 화(畵) 그리고 악(樂), 가(歌), 무(舞) 나아가 사(射), 어(御)를 즐기기에 날 가는 줄을 몰랐다. 친구들과 어울려 문학과 역사 그리고 철학을 논하고, 시를 쓰고 서예를 하며 그림을 그렸다. 또 기타 등 악기를 연주하고 노래를 부르며 춤을 추었다. 사(射)는 옛날에는 활을 쏘는 것인데 현대는 골프를 치는 것이라고 하면 되겠고 어(御)

는 짐승 길들일 '어' 자(孚)로 말을 잘 타는 것인데 현대에는 차를 잘 모는 것이라고 힐 수 있겠다. 물론 여기에 술과 여자는 빠질 수 없었다.

이럴수록 수아는 생활인이 되었다. 지후가 모처럼 삼겹살을 먹으러 나가자고 하면 마트에서 고기를 사서 집에서 구워 먹는 것이 훨씬 싸다고 초를 치고, 주말에 아이들 데리고 여행이라도 가자고 하면 당일치기 교외나 서울대공원에 가자고 했다. 수아가 집안 경제를 잘 꾸리지 않았으면 아이들 둘을 제대로 교육시키고 남부럽지 않는 결혼을 시킬 수 없었을 것이다.

"눈 구경이나 더 하지, 이 답답한 방구석에서 왜 청승을 떨고 있어?"

"눈 구경도 기분이 나야 하는 거지, 신경을 박박 긁는데 무슨 재미로 눈 구경을 하겠어?"

"그러지 말고 신선한 공기도 마실 겸 밖으로 나가자. 동심으로 돌아가 눈싸움 한 번 더 해 보자고."

"올리버와 제니가 하버드의 눈 쌓인 교정에서 눈 장난하던 광경을 재연하자고? 그러지 않아도 그것 때문에 기분 잡쳤는데."

"사실 제니로 나온 알리 맥그로우는 미인은 아니잖아? 당신이 훨씬 매력적이고 이지적이야. 그렇지 않으면 나 같은 탐미주의자가 왜 당신을 선택했겠어?"

이 한마디에 수아의 마음은 눈 녹듯 와르르 무너졌다. 나이를 불문하고 사랑하고 사랑받는 것은 최고의 명약이다. 남편의 예쁘다는 말은 그 무엇보다 강렬한 사랑의 표현이다. 칭찬은 귀신도 춤추게 한다는 말도 있지만 여자는 칭찬에 무척 약하다. 특히 예쁘다는 말에는 분수를 모른다. 아무리 못생겼어도, 아무리 나이가 먹었어도 예쁘다고 하면 기분 좋아한다. 하기는 여자는 잘 찾아보면 어딘가 예쁜 데가 있기는 하다. 귀가 예쁘다든지 이마가 예쁘다든지 입술이 예쁘다든지 장점 하나씩은 가지고 있는데 다만 조화를 이루지 못한다는 취약점 때문에 밉게 보이는 것이다.

수아는 남편이 아직도 자기를 여자로 보아준다는 점에서 매우 기분이 좋아졌다.

"그래요. 나가요."

기분이 고조된 수아는 갑자기 말을 높인다.

절 경내의 눈 위에 강렬한 햇살이 쏟아져 보석같이 영롱한 빛을 내뿜고 있었다.

"제니 흉내를 한번 내볼까?"

수아는 눈 위에 두 팔을 벌리고 눕는다. 푹신푹신하게 내린 눈은 두꺼운 솜털 이불 같았다. 그 옆에 지후도 나란히 누었다. 하늘의 해는 눈부시게 빛을 발하고 있었다.

"당신과 처음 밤을 지낸 해인사에서는 별이었는데 그동안 쌓인 벽이 무너지는 오늘은 태양이네."

"별과 태양이라, 무슨 시상(詩想)이 떠오르는데. 빛과 그림자, 환희와 고통 등 대칭하는 언어를 주제로 한 시들이 수도 없이 많이 있어. 우리의 사랑은 별에서 시작해서 태양으로 완성한다는 시를 쓰면 괜찮을 것 같아."

"정말 당신과 이런 얘기를 나누는 것도 참 오래간만이다."

"지금 우리는 무인도(無人島)에 와 있는 기야. 아무 데도 갈 수 없지. 이런 데 갇혀 있으니까 다른 생각은 할 여지가 없어. 더구나 온 천지는 순백의 눈으로 뒤덮여 온갖 더러움을 파묻고 있어, 눈에 보이는 것은 오로지 순수 그 자체야. 깨끗한 백지 위에 우리가 누워 있는 거지. 앞으로의 우리의 여생은 이 백지 위에 어떤 그림을 그려 나가느냐에 달려 있어. 부부 관계란 참으로 어려운 거야. 세상에 가장 다루기 힘든 것이 여자라는 말이 있잖아? 이렇게 다루기 힘든 여자를 만나서 백년해로한다는 것은 정말 어려운 거지. 점점 이혼율이 높아지고 황혼 이혼도 많아지는 거로 보아 인류는 차츰 진화되어 몇천 년 후에는 결혼이라는 제도가 없어질지도 몰라. 니체는 '내연 관계는 결혼 제도 때문에 타락된 개념이 되고 말았다.'라고 했어. 인류학자의 얘기로는 고대에는 일부일처제가 없었다는 거야. 연구에 의하면 여자가 더 바람피우기를 원한다는 거야. 히피가 성행하던 시절 프리섹스가 유행하던 적도 있었지 않아?"

"요점은 당신도 기회만 있으면 바람을 피우고 싶다 이거지?"

"또 분위기 깨려고 한다. 무슨 말을 못하겠다니까. 말이 그렇다는 거지, 내가 결혼제도를 부정적으로 보는 사람은 아니야. 세상만사가 다 그렇듯이 결혼도 문제점이 있다는 것뿐이야. 결혼제도가 완전하다면 왜 이혼이라는 것이 있겠어. 성공적인 결혼은 늘 같은 사람과 몇 번이고 다시 사랑에 빠질 수 있어야 가능하다는 말이 있어. 노르웨이의 입센은 '결혼 생활이란 거친 바다를 헤쳐 나갈 나침판은 아직 발명되지 않았다.'란 말을 남겼지."

"이혼하는 부부보다는 검은 머리 파뿌리 될 때까지 사는 부부가 더 많지 않아?"

"마지못해 사는 부부가 많기 때문이야. 여론조사를 해보면 놀랄 만한 결과가 나올걸?"

"당신은 아까부터 결혼제도에 왜 그렇게 부정적이야? 혹시 딴 마음 먹고 있는 거 아니야?"

"나는 현실적인 얘기를 하는 것뿐이라고. 평생 돈에 찌든 여자는 돈 많은 남자가 구애를 하면 마음이 흔들릴 것이고 남자는 탤런트 같은 여자에게 마음이 흔들리는 것은 현실이잖아? 그것을 부정하면 너무 이상주의자인 거야."

"구질구질한 얘기 그만하고 우리 눈사람이나 만들자."

"그래, 누가 더 크게 만드나 내기하자."

그때 주지가 박 씨하고 삽을 들고 내려온다.

"언제 눈을 치우러 올지 모르니까 우리가 조금씩이라도 눈을 치우려고 합니다."

지후와 수아도 거들었고 유영빈과 다른 입방생도 합세했다.

그러나 눈이 너무 많이 쌓였고 눈의 무게가 장난이 아니어서 작업은 진척이 없었다. 수아는 힘이 든다면서 방으로 들어갔고 저녁 먹을 때까지 눈을 치웠지만 겨우 절 어귀를 뚫는 데 만족해야 했다.

"오래간만에 일을 하니 밥은 꿀맛인데 사지가 쑤셔."

"그러게, 적당히 하지. 늙은이가 왜 힘을 써?"

"늙은이는 하등 쓸모가 없다는 말을 듣기 싫어서야. 노당익장(老當益壯)이란 말이 있어. 흔히 노익장이라고 하지. 나이가 들수록 더더욱 건장(健壯)하다는 뜻이야. 물론 나이가 들면 생리적으로 더욱 건장해지는 것은 어렵지만 무리가 가지 않도록 몸을 자주 움직이고 영양이 풍부한 음식을 과하지 않게 섭취하며 바둑, 독서, 음악, 산책, 담소 등 밝고 긍정적인 취미를 살리면 노화를 늦출 수 있어. 더글러스 맥아더는 '오래 살았다고 해서 나이가 드는 것은 아니고, 자신의 꿈을 저버릴 때 비로소 나이가 든다.'고 했어."

"그렇다고 힘자랑은 하지 마."

"잔소리 그만하고 어깨나 주물러 줘."

"당신 참 호강하네. 내가 당신 어깨를 다 주물러 주고. 이런 산속이 아니라면 어림도 없는 줄 알아."

"우리 이제 정답게 살자. 그동안 너무 삭막하게 살아온 거야. 부부 사이의 정이 없었던 거지. 한 지붕 밑에서 살면서도 공통의 관심사와 공통의 취미가 없이 세월을 보냈어. 진솔한 의사소통이 없었던 거지. 언제부터 그렇게 됐는지 기억에 없어. 이제 다시 옛날로 되돌아가 연인처럼 노후를 보내자."

"그럴 수만 있으면 얼마나 좋아? 그런데 당신은 나이가 들어도 여전히 친구들과 어울려 술이나 마시며 돈을 헤프게 쓰는 게 싫었어. 우리가 무슨 갑부도 아니잖아."

"나는 당신이 너무 돈에 집착하는 것이 못마땅해서 그의 반발로 월급을 마음대로 썼는지도 몰라. 사람이 돈을 모으는 목적이 무어야? 돈이 인생의 전부는 아니잖아? 이제 우리도 우리의 인생을 즐길 때가 되지 않았어."

"노후대책도 생각해야지."

"당신은 말끝마다 노후대책, 노후대책 하는 데 애들 결혼은 다 시켰고 큰돈 들어갈 데는 없잖아? 나는 국민연금 타고 당신은 사학연금 탈 텐데 무슨 걱정이야?"

"애들에게 얼마간이라도 물려줘야지."

"교육시키고 시집 장가보냈으면 됐지, 더 이상 무얼 더 해줘? 이제 남은 돈은 우리를 위해서 써도 돼. 맛있는 것도 사 먹고 해외여행도 자주 다니자고. 그동안 당신은 고생을 많이 했으니까 그 정도의 보상은 받아야 돼. 취미생활도 같이하면 부부애가 되살아날 거 아니야?"

"다 좋은데 한 가지 당신한테 부탁할 게 있어."

"무언데?"

"술 좀 작작 마시고 구름 잡는 얘기 좀 그만해. 보통사람이 되라는 거야. 남들처럼 살아 봐."

"그건 나보고 시를 그만 쓰라는 얘기인데."

"당신은 지금까지 술에 취해 시를 썼잖아? 그러니까 술이 시를 써준 거야. 이제부터 당신이 나를 진정으로 사랑한다면 나를 생각하고 나를 보며 시를 써봐. 부부가 함께 아름답고 우아하게 늙어가는 모습을 그리는 시를 써보라는 거야. 당신의 시 세계에 새 지평을 열라는 얘기지.

노후는 아름다운 거야. 황혼은 황홀이야. 그리고 성숙을 의미하지. 위대한 교향곡의 마지막 악장을 마무리하는 코다처럼 당신의 시도 변해야 돼. 변화 없이 어떻게 발전이 있을 수 있어?"

"이런 산속, 좁은 방에서 당신과 함께 있으니 당신이 그렇게 아름다울 수 없어. 세월이 비껴간 듯 처녀 때나 다름없어."

"주책 떨지 말아요. 왜 시 한 수 쓰고 싶어서 그래요?"

"여보, 당신을 사랑해. 인생의 종착역에 도달했을 때 우리가 의미를 둘 수 있는 유일한 것은 오직 살면서 주고받은 사랑뿐이야. 죽은 뒤 가져갈 수 있는 것도 오직 사랑뿐이고 이 세상에 남겨 놓을 가치가 있는 것도 오직 사랑뿐이지. 남은 여생 동안 당신이 원하는 대로 다 해 줄게. 술을 끊으라고 하면 끊을게."

수아는 지후로부터 언제 사랑한다는 애기를 들었는지 기억조차 나지 않았다.

"당신, 지금 뭐라고 했어?"

사랑이란 말은 저 멀리 딴 세계의 언어인 줄 알았는데 갑자기 지후가 사랑한다는 고백을 하니까 너무나 놀란 나머지 방금 무슨 말을 했냐고 되물은 것이다.

"당신을 진정으로 사랑해."

이 한마디에 수아는 두 눈에 눈물을 글썽거렸다. 그리고 지후의 품에 쓰러지며 속삭였다.

"나도 당신을 사랑해요. 이제 우리 콘서트도 즐기고 연극 구경도 자주 가요. 나도 젊음을 되찾고 싶어요."

소설을 쓰고 나면 무언가 미진한 말이 있다. 마치 이 소설을 놓고 술 한 잔을 하며 친구들과 설왕설래(說往說來)를 하고 싶은 심정인 것이다. 이번에는 이 후기를 생략하려고 몇 번 마음먹었는데 기어코 잡담을 늘어놓게 되었다.

'꽃'이라면 통상적으로 누구나 여자를 연상하게 되고 지금까지 꽃은 여자를 비유하는 말로 많이 사용되어 왔다. 그러나 어찌 여자만이 꽃일까?

인생도 꽃이다. 꽃은 남녀의 경계를 넘나드는 언어다. 순진무구한 어린아이는 꽃봉오리이고 청춘은 막 피어오르는 꽃망울이다. 4·50대는 활짝 개화된 꽃이며 60대는 완숙한 꽃의 절정이다. 그 후에 이어오는 인생의 황혼기! 황혼은 황홀이다. 황혼은 너무나 아름답다. 구름사이로 서서히 사라져가는 석양은 마음이 저려오도록 아름답다. 어찌 일출에 비하랴. 겨울로 서서히 들어서는 준비를 하는 단풍은 나무들의 찬란한 잔치다. 더 이상 아름다울 수가 없고 더 이상 화려할 수가 없다. 이 절정은 그들의 마지막 순간에 온다. 그러나 끝난 것이 아니다. 함박눈이 내린 숲속의 눈꽃! 6월의 장미꽃이나 단풍보다 더 아름답다.

노년이라는 인생의 황혼은 눈꽃처럼 아름답다. 노년이 되면 대개 흑발은 희디흰 은빛의 눈부신 머리카락이 된다. 겉모습은 한겨울 눈꽃이 핀 것처럼 백발이지만 눈꽃이 덮고 있는 소나무 속은 녹색이듯이 백발이 덮고 있는 머릿속에는 열정을 추구하는 청춘이 있다. 그러기에 사무엘 울만은 '청춘이란 인생의 어느 기간을 말하는 것이 아니라 마음가짐에 있다.'라고 하지 않았는가. 노년은 산야(山野)에 눈이 시리도록 쌓인 백설처럼 장엄하면서 밤하늘에 높이 뜬 샛별처럼 은은하게 빛날 수 있다. 노을빛 같고, 흰 눈빛 같고, 별빛 같은 나이, 그것이 노년이다.

옛 양반들은 적당한 시기가 되면 벼슬을 고사하고 마음에 맞는 친구들과 어울려 문사철(文史哲), 시서화(詩書畵), 악가무(樂歌舞)를 즐기며 인생의 완성을 추구하였다. 인생은 성공이 전부가 아니다. 성공은 단지 행복의 수단일 뿐이다. 행복이 없는 성공이 무슨 의미가 있는가. 행복은 사람마다 그 의미가 다르겠지만 가장 보편적인 정의는 자기가 하는 일을 즐길 때 가장 행복하다고 생각한다. 자기가 하는 생업(生業)을 즐기는 사람이 가장 행복하다는 얘기다. 60·70세대는 산업화 시절을 겪으면서 성공을 최고의 덕목으로 삼고 일생을 바쳐왔다. 그러하므로 60·70세대는 이제 인생의 참 맛을 추구할 권리가 있지 않을까. 젊은 시절 삶의 각박함에 쫓겨 빼앗긴 인생의 즐거움을 보상받아야 마땅할 것이다. 노년은 산업화의 주역이었고 그들이 없었더라면 오늘날의 부강한 대한민국은 있을 수가 없었다.

386세대의 이론도 있겠지만 이것은 분명히 역사가 증명해 줄 대목이다. 그들은 노년이 피땀 흘려 이룩한 산물을 대가없이 향유하는 무임승차 승객일 뿐이다. 속담에 '물에 빠진 놈 건져 놓으니까 내 봇짐 내놓으라 한다'는 말이 있다. 정말 분수를 모르는 세태다. 목소리야 어차피 젊은 세대가 높을 수밖에 없고 요즈음 급속도로 발전하는 SNS 등 IT는 젊은이들의 독점물이니까 노년층은 여론에서도 변방이 되고 말았다. 그들의 벌떼 같은 여론의 매체에 속수무책으로 힘 한번 쓰지 못하고 주저앉는 게 노년의 목소리다. 그렇다고 노년은 기가 죽어서는 안 된다. 노년은 잘 익은 과일과 같은 노숙이 있고 경륜이 최고의 경지에 다다라 있으며 노숙과 노련을 겸하면 나이 들어서 오히려 건장할 수 있다.

지는 꽃도 얼마든지 아름다울 수 있다. 노년이라고 기가 죽어서는 안 된다. 웅크러서도 안 되고 움츠러도 안 된다. 축 처져서 물러앉는 것은 너무나 무력한 행동이다. 가슴을 펴고 당당해야 한다. 더구나 노년이라고 사랑이 없겠는가. 사랑은 인생의 완성이다. 사랑은 영원하고 노년도 젊은이 못지않게 사랑을 누릴 권리가 있다.